P. B. Fuchs

HUBI
oder aller Anfang ist
unschuldig

Ein Roman für ausgewachsene Kinder

Impressum

Bibliografische Information der Deutschen
Nationalbibliothek:
Die Deutsche Nationalbibliothek verzeichnet diese
Publikation in der Deutschen Nationalbibliografie;
detaillierte bibliografische Daten sind im Internet über
http://dnb.dnb.de abrufbar.

© 2019 P. B . Fuchs

Lektorat: Thomas Beckermann
Korrektorat: Uli Ebner
Zeichnungen: Doris Bambach
Fisch: Yasemin Kingir

Cover: P. B. Fuchs
Herstellung und Verlag:
BoD- Books on Demand, Norderstedt
ISBN: 978-3-7494-8428-7

„Bismillahirrahmanirrahim"

Für meinen Vater,
der alles mit einem „Besmele" begann.

Es war einmal ein kleiner Junge, der mit seiner Mutter und seinem Vater in der schönen Stadt Odessa lebte. Sie hatten ein kleines Häuschen in der Nähe des Meeres, von wo aus der Wind die Bäume neigte, so schief wie die Dächer der Häuser. Sie lebten glücklich miteinander, bis zu dem Tag als der Vater am Hafen von einem Kapitän angesprochen wurde. Der Kapitän wollte den Vater zu einer Schatzsuche mitnehmen, weit weg von Odessa.

Der Vater war ganz aufgeregt. Er konnte es kaum abwarten, nach Hause zu kommen, um seiner Frau und seinem Sohn die Nachricht mitzuteilen. Denn sie waren arm. Der Vater hatte keine richtige Arbeit. Er erledigte Gelegenheitsjobs, wie Weidezäune reparieren, Wände anstreichen oder am Hafen bei den Schiffsreparaturen zur Hand zu gehen. Hubi, so hieß der Junge, der eigentlich Hubert hieß aber Hubi genannt wurde, hörte seinem Vater gebannt zu, als der nach Hause kam und von dem Kapitän erzählte, der ihn am nächsten Tag auf die lange Schiffreise mitnehmen würde. Hubis Mutter war von der Idee nicht sehr begeistert, aber Hubi fand das alles sehr aufregend und ließ den Vater die ganze

Nacht erzählen, was er so alles erleben würde. Beim Morgengrauen nahm der Vater seinen Seemannssack mit seinen Sachen und stieg auf das Schiff des Kapitäns. Hubi und seine Mutter standen am Kai und winkten ihm mit weißen Taschentüchern zum Abschied. Die Mutter weinte und wünschte sich, er möge sehr bald schon zurückkommen. Hubi hoffte ebenfalls auf eine baldige Rückkehr des Vaters und auch darauf, dass dieser eine Schatzkiste mitbrächte.

Danach lebte Hubi mit seiner Mutter alleine in dem kleinen Haus mit seinem schiefen Dach. Es wurde Herbst, und die Mutter fand Arbeit in einer Pension bei einer alten Dame ganz in der Nähe der langen und berühmten Potemkin'schen Treppe, die direkt zum Meer führt. Jeden Tag, nachdem die Mutter die Betten gemacht, die Zimmer gesäubert und das Mittagessen gekocht hatte, ging sie die Stufen der Treppe hinab und schaute von der untersten Stufe aus auf das offene Meer hinaus, in der Hoffnung, ein Schiff sehen zu können, das ihren Mann nach Hause brachte. Hubi blieb allein zu Hause, wenn seine Mutter zur Arbeit ging. Nach der Schule kam er nach Hause und aß das trockene Brot auf, das seine Mutter für ihn auf den Tisch gelegt hatte. Manchmal musste er das Brot in einer Schüssel mit Wasser aufweichen, um es einfacher kauen zu können. Der Winter in Odessa war kalt, und Hubi hatte oft eisige Füße, weil er keine Schuhe hatte und barfuß zur Schule gehen musste.

So lebte Hubi im Herbst und im Winter. Als der Frühling kam und am Hafen die ersten Schiffe einliefen, hoffte er, den Vater bald sehen zu können. Oft stand er mit seiner Mutter dort und schaute dem Treiben auf den Schiffen zu, wie die Männer die Ware löschten, wie die Container der Handelsschiffe auf Zügen geladen wurden, wie diese dann weiterfuhren in die entlegenen Gebiete ins Innere des Landes. Hubi träumte oft, wie sein Vater am Hafen ankommen würde, wie er vom Schiff herunterlaufen und ihm zuwinken würde; auf der linken Schulter seinen Seemannssack und in der rechten Hand eine Truhe voller Gold und Edelsteine.

Der Frühling neigte sich dem Ende zu. Es kamen zwar viele Schiffe und viele Matrosen, doch sein Vater war nicht dabei. Die Tage wurden heißer. Die Mutter musste mehr und länger arbeiten, denn die Pension der alten Frau wurde voller. Im Sommer kamen weniger die üblichen Händler und Handelsvertreter, die in der Pension abstiegen, sondern immer häufiger Touristen, die sich die Stadt anschauen wollten; die Stadt, die vor allem berühmt ist wegen ihrer Treppe zum Meer.

Hubi stand jeden Tag am Hafen, auch dann, als die Tage kürzer wurden und die Nächte kälter. Sein Vater war seit einem Jahr unterwegs. Je länger er wartete, desto weniger Hoffnung hatte er. Seine Mutter wurde schmaler und gelblicher im Gesicht. Auch lachte sie weniger. Sie hatte seit einem Jahr nichts mehr von ihrem Mann gehört. Trotzdem stieg sie jeden Abend nach der Arbeit die Stufen hinunter, in der Hoffnung, das Meer würde ihr das zurückgeben, was es ihr weggenommen hatte.

Hubi wollte nicht, dass seine Mutter unglücklich wurde und beschloss, etwas dagegen zu unternehmen.

Er packte sich das trockene Brot ein, schrieb der Mutter einen Abschiedsbrief mit dem Versprechen, seinen Vater zu finden und lief zum Hafen. Er beobachtete ein Schiff und versteckte sich in einem Moment, in dem keiner ihn bemerkt hatte, in einem der Beiboote.

Als seine Mutter am Abend nach Hause kam, fand sie Hubi nicht. Sie las den Brief am Küchentisch und war sichtlich erschüttert. Am nächsten Tag suchte sie die ganze Stadt nach ihm ab und fand ihn nicht. Am Abend ging sie die Stufen der Treppe hinunter, wie sie sie davor nie gegangen war: so tief, bis sie vom Wasser ganz bedeckt wurde und sie im Meer verschwunden war.

Hubi wartete die ganze Nacht und den folgenden Tag in seinem Versteck. Bevor das Schiff jedoch den Anker lichtete, um in See zu stechen, schauten die Matrosen überall nach, ob blinde Passagiere sich an Bord geschmuggelt hätten, und fanden Hubi. Da er noch ein Kind war, konnten sie ihn nicht mitnehmen, und er musste das Schiff wieder verlassen. Mit gesenktem Haupt kam er zurück nach Hause. Seine Mutter war nicht da, aber da es helllichter Tag war, dachte er, sie würde auf der Arbeit sein.

Es wurde Abend, aber sie kam nicht zurück. Auch in der Nacht blieb Hubi alleine zu Hause. Und als sie am nächsten Morgen auch nicht kam, weinte Hubi sehr, weil er nun weder Vater noch Mutter hatte. Er weinte einen ganzen Tag lang ununterbrochen, bis er keine Tränen mehr hatte. Er weinte auch am nächsten Tag, und da seine Tränen alle waren, fing sein Körper an, sich zu verflüssigen. Er weinte weiter, und jeden Tag löste sich sein Körper Stück für Stück in Flüssigkeit auf, die dann zu verdampfen anfing. Und am Ende des dreiunddreißig Tage andauernden Weinens hatte sich sein Körper ganz aufgelöst, sodass er nun eine grauweiße Wolke geworden war.

Hubi war eine Wolke, die nun schweben konnte, die sich in der Luft bewegen konnte, die durch jede Ritze hindurch passte und sogar durch Wände hindurchkriechen konnte, zwischen den Ziegelsteinen, durch porösen Zement. Er konnte jede noch so kleine Möglichkeit ausnutzen und entweichen. Er war aber auch in der Lage, sich wieder neu zu sammeln und sich zu einer Wolke zu formen. Wenn er wollte, konnte er niederregnen oder schneien, und wenn er sich sehr bemühte, konnte er sogar vereisen. Als Hubi diese Veränderung an sich bemerkte, war er sehr überrascht. Denn er konnte nicht mehr laufen, sondern nur noch schweben. Als er im Flur war, in dem ein großer Spiegel hing, da sah er ein Gespenst vorbeihuschen und erschrak sich sehr. Doch als er vor dem Spiegel stehen blieb, merkte er, dass dieses wie ein Gespenst aussehende Etwas er selbst war.

Er war eine Regenwolke geworden. Seine Augen waren nun überall, in jedem Regentropfen. Er konnte nun alles von überall sehen, aber nur unscharf. So sammelte er seine Augenzellen zusammen und formte sie zu zwei schönen Eiskristallen, wodurch er nun schärfer sehen konnte. Lange stand Hubi vor dem Spiegel und erlebte alle seine Veränderungen. Seine neue Form gefiel ihm so sehr, dass er sogar seine Trauer überwunden hatte.

Jetzt wollte er seine Mutter finden. Und wenn er sie gefunden hatte, wollte er sich auf die Suche nach seinem Vater machen.

Hubi schwirrte auf die Straße. Er machte sich auf den Weg in die Pension der alten Frau, wo seine Mutter gearbeitet hatte. Dort hörte er die Wirtin über seine Mutter schimpfen: „Ausgerechnet jetzt, da ich viel zu tun habe, muss sie verschwinden!". Hubi versteckte sich hinter der Tür und beobachtete die alte Frau noch eine Weile bei der Arbeit. Er merkte, er würde seine Mutter hier nicht finden und entwich wieder auf die Straße.

Hubi flog hinaus aus der Stadt. Er flog als eine kleine graue Wolke über die Dächer und Häuser, über Kirchglocken, über Kuppeln der Herrschaftshäuser, über Armenviertel, über den Marktplatz und über den Hafen; flog weit hinaus aufs Land. Er flog den ganzen Tag, bis es Abend wurde. Ohne Ziel schwebte er nun etwas tiefer, sodass er in die Häuser, in denen Lichter brannten, hineinschauen konnte, worin Mütter kochten, Kinder spielten. Er wollte jetzt in so einem Haus sein, mit seiner Mutter und seinem Vater. Wehmütig beobachtete er ein kleines Häuschen auf einem Hügel, das in einer etwas abgelegenen Gegend

lag, wohin sich von der Hauptstraße ein Weg hinauf-
schlängelte.

In einem der unteren Fenster brannte ein warmes
Licht und Hubi beschloss, dorthin zu schweben. Er
sammelte sich auf dem Fenstersims zusammen und
schaute durch das Fenster hinein, wie im Wohnzimmer
ein kleines Mädchen spielte. Das Mädchen hieß Vera
und spielte mit ihrer Puppe. Hubi wollte wissen, was
Vera der Puppe alles erzählte, und beschloss, ihnen
näher zu kommen. Er suchte nach einem offenen Spalt
am Fenster, aber das Fenster war fest verschlossen. Er
schwirrte um das Haus herum und fand das
Küchenfenster auf Kippe, wo er einfach so hinein
schweben konnte. Von dort aus schwirrte er langsam
ins Wohnzimmer. Er wollte sich hinter der Tür
verstecken und von dort Vera ungestört beobachten.
Doch durch das Schweben musste er einen leichten
Wind erzeugt haben, denn plötzlich rollte ein Ball
genau zu Veras Füßen und sie drehte sich um und sah
Hubi. Vera ließ vor Schreck die Puppe fallen. Hubi
erschrak sich ebenfalls und huschte schnell hinter das
Sofa.

„Wer bist Du?", fragte Vera neugierig und schlich
um das Sofa herum.

„Ich bin Hubi", antwortete Hubi, der mit der neuen
Situation nicht umzugehen wusste und sich immer
noch ängstlich hinter dem Sofa versteckte.

„Ich bin Vera, und das ist Luise", sagte Vera und
hielt Hubi ihre Puppe entgegen.

„Mit wem sprichst Du, Vera?", fragte Max, Veras
älterer Bruder, der die Treppen herunterkam.

„Mit Hubi. Da, schau, da ist er.", antwortete sie und zeigte mit dem Finger hinter das Sofa. Max kam herein und sah Hubi sehr verdichtet als eine kleine graue Wolke. Max war zwölf Jahre alt und somit ein Jahr älter als Hubi, der nun für immer elf Jahre alt bleiben würde. Denn weil er sich in eine Wolke aufgelöst hatte, würde er auch nicht mehr wachsen und nie erwachsen werden, wie andere Kinder.

Hubi kam langsam aus seinem Versteck heraus. Erst wagte er sich nur etwas hervor, aber als er hundertprozentiges Vertrauen zu den freundlichen Kindern gefasst hatte, kam er ganz zum Vorschein. Er erzählte, was ihm alles passiert war, während die anderen Limonade tranken und Hubi ganz gebannt zuhörten. Hubi wollte auch Limonade trinken, also formte er sich einen Mund aus Eiskristallen zusammen und saugte ganz heftig am Strohhalm. Denn zum Sprechen brauchte Hubi keinen Mund. Er dachte sich die Sätze nur laut aus und im Inneren hallten die Wörter hörbar für Vera und Max.

Die drei Kinder redeten noch lange miteinander und wurden schnell Freunde. Max und Vera beschlossen, Hubi dabei zu helfen, seine Eltern zu finden. Sie waren der Meinung, dass Erwachsene es nicht verstehen würden, wenn Hubi zu ihnen spräche. Sie würden sich erschrecken und glauben, ein Gespenst gesehen zu haben. Dabei wusste doch jedes Kind, dass es keine Gespenster gab.

Sie begannen zu überlegen, wie sie seine Mutter finden konnten. Sie mussten Informationen sammeln, was mit Hubis Mutter und Vater passiert sein könnte.

Sie gingen in den Keller, wo die alten Zeitungen aufbewahrt wurden. Dort suchten sie nach Nachrichten und fanden schließlich eine kleine Meldung über eine Frau, die bereits vor Tagen als vermisst gemeldet wurde. Hubi wusste, dass diese Frau seine Mutter war. Er blieb lange über dem Artikel schweben und las immer und immer wieder die Zeilen durch, in der Hoffnung, doch noch mehr aus ihnen heraus zu bekommen, als dort stand. Vera und Max bekamen die Traurigkeit von Hubi zu spüren. Sie schlugen ihm vor, sich auf die Suche zu begeben. Hubi wusste noch ganz genau, wo seine Mutter nach der Arbeit hinging. Am nächsten Tag machten sie sich auf den Weg.

An der Treppe oben saß ein Greis. Die Kinder fragten den Mann mit dem langen Bart und den langen Fingernägeln:

„Guten Tag. Kennen Sie eine Frau, die immer hierher kam?"

„Ich kenne diese Frau, die jeden Tag herkam und die Treppe zum Meer hinabging. Und an der letzten Stufe blieb sie immer stehen. Wenn das Wetter gut war und das Meer ruhig wie ein Bettlaken, dann blieb die Frau länger. Ich beobachtete sie von hier oben. Manchmal blieb sie, bis ich eine oder sogar zwei Flaschen leer trinken konnte. Manchmal blieb sie aber nur so lange wie zwei tiefe Schlucke dauern, wenn ihr dann die Wellen ins Gesicht schlugen. Sie grüßte mich und sagte, „Salomon, wie geht es dir?" Ich antwortete, „wie immer". „Ja", sagte sie und da hatte sie auch schon begonnen, hinabzusteigen. Wenn sie zurückkam, verabschiedete sie sich. Wenn sie sehr lange unten blieb, machte ich ein Nickerchen oder döste nur so vor mich hin. Da vergaß ich sie und erschrak mich dann, wenn sie wieder auftauchte!"

Die Kinder hörten Salomon zu, der so viel zu erzählen hatte. Max fragte, was an dem Tag passiert war, an dem die Mutter verschwand. „Ich weiß es nicht", sagte Salomon. „Sie ging nur die Stufen hinunter, tauchte ins Wasser und kam nicht mehr heraus. Kennt ihr diese Frau? Warum fragt ihr nach ihr?", wollte Salomon von den Kindern wissen. Und da schwiegen Vera und Max, denn sie kannten die Frau nicht. Hubi antwortete aus dem Körbchen, worin Vera ihn versteckt hatte, damit sich die Leute nicht erschrecken: „Sie ist meine Mutter." Salomon erschrak sich aber nicht. Er hob das Küchentuch hoch und blickte in die Eiskristallaugen von Hubi.

„Aber du musst dich doch nicht verstecken. Sie ist also deine Mutter, und du suchst nach ihr. Dann gehe rüber zum Hafen und frag die Leute, die vom Meer kommen. Die Matrosen erzählen sehr viel Seemannsgarn und vielleicht steckt in einer der Geschichten deine Mutter drin." Salomon sprach und nahm aus der grünen Flasche einen großen Schluck und fiel augenblicklich in einen tiefen Schlaf, so als ob in der grünen Flasche ein Schlafmittel gewesen wäre.

Die Kinder liefen zum Hafen. Hubi hatte den Rat von Salomon befolgt und versteckte sich nicht mehr. Er hing wie eine jederzeit regenbereite, dichte Wolke hinter den Kindern. Einige wenige Passanten schauten verdutzt oder schüttelten die Köpfe, aber keiner sagte etwas oder erschrak sich. „Vielleicht, weil es Tag ist

und die Menschen tagsüber keine Geister erwarten?",
dachte Hubi und war sehr beruhigt.

Am Hafen sahen sie ein riesiges Schiff, aus dem
Männer mit unglaublichen starken Armen Kisten
ausluden. „Alle diese Männer sehen aus wie
Zwillingsbrüder von Popeye", dachte Hubi. Er war
schon oft am Hafen gewesen, hatte sich aber dort nie
die Leute angeschaut. Da schaute er nach den Schiffen
und suchte zwischen den Menschen nur den einen -
seinen Vater. Die Anderen hatte er nie genau
beobachtet oder sogar ausgeblendet. Jetzt sah er sie mit
anderen Augen, jetzt musste er diese Männer befragen,
sich mit ihnen auseinandersetzen.

„Kommt!", sagte Max zu Hubi und Vera und zeigte
auf drei Männer, die am Kai zusammengekauert saßen.
Matrosen, die sich ausruhten, während Hafenarbeiter
die Ladung löschten. „Diese Drei kommen bestimmt
von diesem Schiff hier. Die könnten wir fragen. Sie
haben sicherlich viel zu erzählen", sprach er weiter.
Hubi bekam Angst vor diesen Männern, die sehr
furchteinflößend aussahen, und versteckte sich
abermals im Körbchen von Vera. Aus ganz anderen
Welten stammten sie, zumindest sahen sie so ganz
anders aus. Der eine war voller Haare im Gesicht mit
dichten roten Locken, die seinen Kopf umschlungen
hatten wie die Rosenhecke das Schloss von Dorn-
röschen. Nur seine Augen waren sichtbar. Der Andere,
der neben ihm saß, war eher klein und zierlich und so
glatt im Gesicht, dass die Kinder nicht wussten, ob er
vielleicht nicht eine aus einem Schloss entflohene
chinesische Prinzessin sei, die, als Mann verkleidet, die

Welt entdecken wollte. Die Kinder hatten oft von solchen Prinzessinnen gehört, die die schützenden Palastmauern als Bedrohung verstanden und ausrissen. Er lächelte ihnen zu, und seine Augen, die tief versteckt waren hinter den Falten seiner Lider, verengten sich fast zu zwei geneigten Strichen. Dann zog er an einer dünnen und langen Pfeife und schloss die Augen, während ein anderer, neben ihm sitzender Dritter lauter merkwürdige Geräusche von sich gab. Dieser war aus Sicht der Kinder wirklich furchterregend, denn er war groß, sehr muskulös und im ganzen Gesicht kreuz und quer mit Strichen bemalt. Er hatte den Drang, sein Heimweh nach der immer warmen Insel mit den großen Palmen durch Schreie loszuwerden: erst kurz „ieee", dann ein langgezogenes „ooooo", das in ein tiefes „aaaaaa" hineinglitt.

„Guten Tag!", sagte Max, der all seinen Mut zusammengenommen hatte. Die Drei richteten ihre Blicke zu den Kindern. Sie hatten sich zwar nicht erschrocken, hatten aber auch nicht damit gerechnet, von ihnen angesprochen zu werden. Hubi schaute aus dem Korb heraus. „Dürfen wir Ihnen ein paar Fragen stellen?", fragte Vera, die irgendwo gehört hatte, dass Erwachsene höfliche Kinder sehr achten würden. So war das hier nun auch. Die Matrosen, die auf einer Mauer saßen, hielten inne und schauten sich gegenseitig fragend an, was wohl solche wohlerzogenen Kinder von ihnen wissen wollten. Ohne die Antwort von den Männern abzuwarten, sprach Vera weiter: „Wir suchen nach einer Frau, die im Meer verschwunden ist. Sie ist die Mutter von Hubi!" Sie schaute zu Hubi, wo er langsam sichtbar wurde.

Der Bärtige war nun sehr neugierig. Er hob den Kopf, um besser ins Körbchen blicken zu können und sah in die Augen von Hubi. Er war nicht überrascht, denn Seemänner waren einiges gewöhnt, sodass ein zur Wolke gewordener Junge ihn nicht aus der Ruhe bringen konnte.

Auch die anderen beiden wurden aufmerksam. Der Bärtige erzählte: „Vor Jahren hörte ich eine Geschichte über einen Matrosen namens Matthison. Ein echt tapferer Bursche soll er gewesen sein. Er soll mit dem gleichen Kapitän zweimal denselben Schatz ausgehoben haben. Nun habe ich gehört, dass er in einem Irrenhaus gelandet sei, weil er fortwährend dumme Geschichten erzähle. Er hatte behauptet, im Bauch eines Wales gewesen zu sein, wo eine Frau lebte. Er wäre nach einiger Zeit wieder rausgegangen, aber die Frau wollte nicht mit ihm kommen. Als er sie gefragt habe, warum sie nicht raus wollte, da habe sie geantwortet, ihren Sohn verloren zu haben, für den es sich gelohnt hätte zu leben. Sie sei unglücklich ohne ihn; dort im Wal sei sie aber zufrieden. Wir Seemänner erzählen zwar viel, aber er glaubte daran, was er erzählte."

„Das ist meine Mutter!", sagte Hubi ganz aufgeregt. „Ich muss diesen Wal finden." „Dafür musst du erst den Matrosen finden, der dir mehr darüber erzählen kann", sagte der Bärtige aus den roten Locken heraus. „Wir haben ihn nicht gesehen. Wir haben das von einem Matrosen aus Indonesien gehört." „Genauer gesagt aus Malaysia", sprach der zierliche Asiate.

„Der Mann stammte aus Kuala Lumpur. Dort hatte er diesen Matthison gesehen, wie sie ihn, nach diesen wirren Geschichten, in ein Irrenhaus gesteckt haben."

Hubi wusste nun, dass er sich auf eine lange Reise begeben musste, wenn er seine Mutter finden wollte. Die drei Matrosen hatten sich bereit erklärt, Hubi mitzunehmen. Denn sie heuerten auf einem großen Schiff an, das Waren nach Asien und von dort Tropenholz nach Europa bringen wollte. Hubi konnte so mit ihnen nach Kuala Lumpur fahren, um diesen Matthison zu finden, der erzählt hatte, mit seiner Mutter im Bauch des Wales gelebt zu haben.

Am nächsten Tag verabschiedete sich Hubi von Vera und Max. Dann schwirrte er aus, fand am Hafen das Schiff und fuhr mit den Dreien aufs Meer. Tagsüber versteckte er sich in deren Koje, während diese auf dem Schiff ihre Arbeit verrichteten. Abends traute er sich hinaus und erkundete die Umgebung. Es war ein schmuckloses Schiff, sehr groß und voll beladen mit Containern.

Nachts auf seinen Streifzügen stellte Hubi sich seinen Vater vor, wie er auf so einem Schiff lebte, und wohin er unterwegs war. Er wollte ihn auch finden. Nachdem er seine Mutter gefunden hatte, wollte er sich auf die Suche nach ihm machen. Es sollte dann alles so werden wie früher; so, wie sie in Odessa wohnten, zwar nicht reich, aber doch sehr glücklich. Dazu musste er zunächst seine Mutter aus dem Bauch des

Wales befreien. Er musste ihr sagen, dass er nicht ganz verloren, nur halt anders anwesend sei.

Während er über die Containerladungen hinwegschwebte, von denen er nichts wusste, weder was sie im Innersten verbargen, noch wohin sie gingen, dachte er an seine Mutter. Sie war gegangen, weil er gegangen war. Es war seine Schuld gewesen. Es war einfach unbedacht von ihm gewesen. Warum hatte er sich allein auf den Weg gemacht und nicht vorher mit seiner Mutter gesprochen? Seinen Vater hatte er nicht gefunden, dafür aber auch noch seine Mutter verloren. Dieser Schmerz war groß und wog schwer.

ḤERR VON Z.

Der große Herr von Z. hatte sich vor langer Zeit zum Schlafen gelegt. Davor hatte er sich sehr intensiv darin geübt, aus seinen Träumen heraus die Welt der Wachen zu beeinflussen. Ihm war die einfache Zauberei mit den Jahren zu langweilig geworden und nun suchte er die ganz große Herausforderung. Er wollte sich sogleich an das große Ganze wagen. Die geheimen Zeichen, die er während seiner Lehrjahre in der Medresse gefunden hatte, beschäftigten ihn seit Anbeginn. Er wusste, es würde schwierig, alles und jeden in seinen Träumen zu kontrollieren. Aber er konnte darin üben und es lernen.

Einer seiner ersten Versuche war mit der schönen Magd Istar gewesen. Er wollte es schaffen, aus dem Traum heraus Istars Gedanken zu lenken. Er übte sehr lange. Er legte sich hin und schlief. Doch er träumte immer unterschiedlich und tauchte an immer unterschiedlichen Orten und in verschiedenen Situationen auf. Ihm musste es gelingen, sich immer an denselben Ort und in dieselbe Zeit zu träumen. Denn das würde bedeuten, dass er Zeit und Ort aufgehoben hätte und über seine Träume bestimmen konnte. Er übte zwanzig Jahre lang. Am Anfang seiner Versuche konnte er nicht so lange im Traum bleiben. Hunger und Durst weckten ihn immer wieder auf. Später lernte er, diese körperlichen Bedürfnisse auszublenden, sodass sein Dasein in den Träumen länger dauerte. So schaffte er es erst, darin fünf Tage an einem Stück zu bleiben. Später verdoppelte er die Tage. Nach zwanzig Jahren der Übung hatte er die Gabe, ein halbes Jahr an einem Stück im Traum verweilen zu können.

Der große Magier Herr von Z. fand einen Lieblingsort, wo er sich immer hinträumte. Es war am Ufer eines ruhigen Sees, an dem der volle Mond sich auf der ruhigen Wasseroberfläche spiegelte und die Umgebung sich goldgrün färbte. An dieser Oberfläche ließ er seine Wünsche spiegeln und zwar so intensiv, dass die Schwingungen des Wassers in die Realität vibrierten und seine Gedanken dort hinreisten, wo er sie sich hin wünschte. Sie wurden erst zu Schwingungen, die sich dann in den Willen der Menschen drangen, an die Herr von Z. dachte. So fing der Magier langsam an, die Gedanken und Wünsche von Istar und später auch der anderen zu beeinflussen.

Am Anfang klappte es nicht so gut. Aber Herr von Z. gab nicht auf. Er ließ sich durch die Niederlagen nicht entmutigen und übte unbeirrt weiter, bis er eines Tages den Willen der schönen Magd Istar tatsächlich lenken konnte. Er hatte es geschafft, das Mädchen zu sich zu locken und ihm den Gedanken einzupflanzen, in ihn verliebt zu sein, also konnte er weiter an ihr üben, bis sie nur noch seinem Ansinnen gehorchen würde. Er erteilte ihr Befehle, die am Anfang einfache

waren, wie „Steh' auf!" oder „Leg' dich hin!".
Nachdem diese gut funktionierten, versuchte er es mit
tiefergreifenderen Anweisungen, die ihre Persönlichkeit betrafen. Istar aß Äpfel für ihr Leben gern. Doch
Herr von Z. befahl ihr im Traum keine Äpfel mehr zu
mögen.

Erst biss sie aus Gewohnheit in einen Apfel. Doch
der Bissen schmeckte ihr nicht und es war so schlimm,
dass sie ihn sofort ausspucken musste. Herr von Z.
beobachtete alles sehr genau auf der Oberfläche des
grünen Sees, in dem trüben Licht des Mondes. Nicht
mal er wusste genau, ob der Mond die Nacht nun
einläutete oder ob er gerade dabei war, für den Tag
abzutreten. „Vielleicht...", überlegte Herr von Z.
„vielleicht ist dieses trübe Licht die Unendlichkeit, das
allem die Tiefe entzieht und alles konturlos im Raum
schweben lässt!"

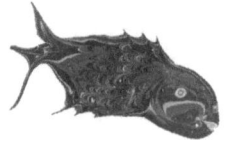

Hubi hatte sich auf dem Schiff an eine große Langeweile gewöhnen müssen, die er so bisher in seinem ganzen Leben nicht gekannt hatte. Jeden Morgen schaute er als allererstes nach, ob es Wale zu sehen gab. Wenn er welche in der Ferne schwimmen sah, die ihre Fontänen spritzten, war er ganz aufgeregt und fühlte sich seiner Mutter nah, auch wenn er nicht wusste, ob sie sich wirklich dort bei diesem Wal im Bauch befand. Aber die Möglichkeit alleine machte ihn glücklich. Diese Tage mit Walen waren die guten Tage. Dann pfiff er ein Lied in seinem Inneren, wodurch sich seine äußere Form änderte: je nach Lied und Melodie wurde er zu einem Stern oder einer Blume oder einem Schneekristall, einem Apfel, einer Pusteblume, einem galoppierenden Pferd. An diesen guten Tagen, da schwebte er ganz nach oben über den Schornstein des Schiffes und führte dort seine Tänze und Figuren auf, so ganz ohne Publikum, so frei. Manchmal, wenn sie in der Nähe einer Insel waren, kamen Möwen vorbei und kreischten um ihn herum. Hubi freute sich, dass er Besuch hatte, und jagte aus Spaß nach den Vögeln.

Wenn die Möwen kamen, waren die Tage weniger langweilig, aber sie kamen sehr selten. Denn im indischen Ozean gibt es Inseln nicht so oft.

Dann gab es Tage, an denen er keine Wale sah und die Möwen kamen auch nicht. Diese waren die tristen Tage. In solchen Momenten machte er eine Rangliste der Monotonie, überlegte sich, was schlimmer oder besser sei: mit den Möwen zu spielen oder die riesigen Meeressäuger zu beschauen. Die Möwen lagen auf dieser Skala weit vorne, weil er mit ihnen viel Spaß hatte. Trotzdem gab er die volle Punktzahl stets den Walen, weil sie die Möglichkeit einer Begegnung mit seiner Mutter bedeuteten. Er konnte es nicht übers Herz bringen, die Möwen seiner Mutter vorzuziehen, wenn die Möwen auch echt sein mögen; seine Mutter dagegen nur eine Hoffnung.

Wenn er seine Hitparade des Einerlei beendet hatte, war ihm immer noch langweilig. Dann schaute er nach den Matrosen. Er mochte die Drei sehr gerne, die als Einzige von seiner Existenz auf dem Schiff wussten. Sie gaben ihm zu trinken, denn essen musste er nicht. Sie machten ihm jeden Morgen einen ungezuckerten Kräutertee, während sie selber Kaffee tranken. Am Anfang mochte er den Tee nicht, weil er so nach Salbei schmeckte, aber dann, als er ihn öfter getrunken hatte, gewöhnte er sich daran. Er hatte nicht den Luxus, sich auszusuchen, was er trinken wollte.

„Noch nie war ich meinem Ziel so nah!", dachte Istar, als sie ein Schreiben in den Händen hielt. Die drei Matrosen hatten in ihrer Pension zusammen ein Zimmer genommen. Tagsüber, wenn diese unterwegs waren, stöberte Istar in ihren Sachen, was sie bei jedem der Gäste machte. Die Gäste in ihrer Pension waren ihre Augen zur Außenwelt. Sie selber steckte im Körper einer alten, gebrechlichen Frau, die nicht in der Lage war, zu reisen um nach dem Herrn von Z. zu suchen. Also musste sie die Welt nach dem Herrn von Z. mit den Augen und Ohren anderer durchforsten. Eine Pension war genau der richtige Ort, um mit Menschen zu sprechen, die aus anderen, fremden Ländern kamen und ihr Informationen brachten. So wartete sie lange, hörte sich Geschichten an - wie die Tischsitten in anderen Ländern waren, wie sich die Menschen dort begrüßten, welche Lieder sie sangen, wie sie ihr Brot aßen und ob sie überhaupt Brot aßen, ob sie ihre Hintern wuschen oder nur mit Papier säuberten. Und dazu das ganze Seemannsgarn: über die Ungeheuer im Meer, über makellose, schöne Frauen, die barbusig ihre

Hüften kreisten, mit schwarzem, seidigem Haar, worin sie Kränze aus Blumen steckten, über Tiere, die ihre Kinder in Beuteln trugen, bis sie groß genug wurden, um von alleine raus zu hüpfen und um das Weite zu suchen.

All diese Geschichten und menschliche Eigenarten waren zwar nett anzuhören, aber nicht das, wonach sie suchte. Sie musste selbst danach schnüffeln, denn die Menschen erzählten nur das Gefällige, das Besondere, womit sie andere beeindrucken konnten. Dabei hatte jeder seine Geheimnisse, eine dunkle Seite, die er für sich behielt. Und genau da steckte womöglich Herr von Z. Sie musste in diesen Geheimnissen der Einzelnen nachforschen und daher öffnete sie mit dem Generalschlüssel die Zimmer ihrer Gäste und stöberte in ihrer Wäsche, in ihren intimsten Unterlagen und Briefen. In dieser Zeit des Durchsuchens hatte sie die Verstecke der Menschen ausfindig gemacht. Viele schoben ihre Heiligtümer wie Bargeld, Gold oder Schmuck unter die Matratze, in Winkeln der kleinen Zimmer, in Toilettenkästen, in ihre dreckigen Wäschebeutel, so, als würde einen Dieb ausgerechnet die gebrauchte Unterhose oder ein verschwitztes Unterhemd derart ekeln, um darin nicht nach etwas Wertvollem zu suchen.

Viele wertvolle Sachen waren an widerlichen Orten versteckt. Sie dachte an Kastanien, die von vielen Stacheln umhüllt wurden, oder an Muscheln, in deren harten, unschönen Schalen sich sogar kostbare Perlen versteckten. Und sie? War sie nicht die schöne, junge Frau mit goldenen Haaren und ebenmäßiger Haut, die nun in dieser Hülle der alten, buckeligen, grauhaarigen, zahnlosen Frau steckte? Sie scheute sich nicht, in dreckigen Unterhosen nach den Geheimnissen zu suchen, die sie womöglich zu dem Mann brachten, der ihr das angetan hatte. So durchkämmte sie das Zimmer von jedem neuen Gast. Jeder noch so achtlos in den Papiereimer geworfene Schnipsel wurde von ihr aufgehoben und durchgelesen. Sie konnte anhand der weggeworfenen Sachen die Person ziemlich genau beschreiben.

So hatte sie beim Stöbern Briefe und Unterlagen gefunden, die eindeutig bewiesen, dass der Zierliche mit einer Mission unterwegs war, der Istar auch folgen musste, wenn sie sich von ihrem alten Körper befreien wollte. Wie auch Istar wollte der Zierliche den großen Herrn von Z. finden. Sie hatte den Brief des buddhistischen Klosterabtes gelesen, der den Zierlichen dazu auserkoren hatte, nach der geheimen Schriftrolle zu suchen und diese für immer zu verbrennen.

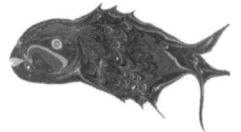 HUBI

Das Schiff erreichte Kuala Lumpur gegen Morgen. Hubi war ganz aufgeregt, obwohl er auch voller Zweifel war, ob er seine Mutter und seinen Vater jemals wiedersehen würde. Er wünschte sich nichts sehnlicher als die Zeit zurück, in der sie zu dritt gelebt hatten. So saß er in der Ecke der Kajüte, als der Zierliche hereinkam und Hubi ansah, dass er traurig war. Das konnte er an seiner Farbe erkennen, denn bei Traurigkeit verblasste Hubi. Er wurde wie das Weiß der Asche, die sich beim Abkühlen an der Oberfläche der Glut bildet, so ein Grauweiß.

Der Zierliche war ein stets lächelnder Mann, der immer freundlich wirkte. Er besaß die schönen Züge einer jungen Frau und das machte ihn für jeden Betrachter umso weichmütiger. Doch das täuschte. Hinter dem schönen Gesicht verbarg sich ein Kampfkünstler, der ganz gezielt Schläge auf Nacken und Schläfen versetzen konnte und deren Wirkung immer die war, die er beabsichtigte.

Er wusste schon vorher, ob der Andere daran sterben oder nur ohnmächtig werden würde. Er wusste sogar, wie lange die Bewusstlosigkeit andauern würde und wann sein Opfer wieder fähig wäre, ihn anzugreifen. Das war sehr von Vorteil, denn wenn es eine Schlägerei gab, konnte er Leute so lange außer Gefecht setzen, bis er und seine Freunde in Sicherheit waren. Auf dem Schiff beteiligte er sich nie an einer Rauferei, denn er wusste, er könnte den Anderen nicht für immer aus dem Weg gehen, und man sieht sich immer zwei Mal im Leben. Nun stand er Hubi gegenüber und sagte: „auch die längste Reise beginnt mit einem kleinen Schritt." Hubi wusste: sie waren da.

Das Schiff warf den Anker aus und Hafenarbeiter begannen, die Ladung zu löschen. Der Zierliche ging mit Hubi über seiner Schulter aus der Kajüte hinaus. Sie trafen den Bärtigen und den Bemalten draußen am Kai an eine Mauer hockend. Sie standen auf und wuchteten ihre Seesäcke auf ihre Schulter, als sie den Zierlichen kommen sahen. Danach machten sie sich auf den Weg zu einer Gaststätte, wo sie erst etwas essen und trinken wollten. Die Matrosen ließen ihre Seesäcke dort und tranken einige von den braunen, kleinen Gläsern leer, bevor sie aufstanden und Hubi zum Mitkommen aufforderten, der sich oben an der Decke ausgebreitet hatte. Dort fiel er nicht besonders auf, da die ganze Fläche vom Tabakrauch dunkel gefärbt war.

Draußen erzählte der Bärtige, wo sich Matthison nun befand. Er hatte sich bei den Gästen und dem Kneipenwirt umgehört und einige Infos gesammelt. „Matthison liegt in einem Kloster als Patient. Er soll nur so ein wirres Zeug geredet haben und da hatten die Mönche Gnade mit ihm und haben ihn zu sich mitgenommen, als er völlig besoffen hier in der Kneipe auf dem Boden gelegen hatte. Seitdem lebt er nun bei ihnen. Wir sollten diese Mönche aufsuchen. Das Kloster liegt im Hinterland in den Bergen." Gesagt, getan. Sie nahmen noch etwas Verpflegung mit und machten sich auf den Weg.

Der Bärtige hatte Hubi jedoch nicht den wahren Grund erzählt, warum er und seine beiden Kumpel ihn auf diese Reise begleiten und ihm helfen wollten. Er hatte nämlich vom selben Mann gehört, dass der Matthison auch ganz andere wirre Geschichten erzählt hatte. Matthison hatte auf einem Schiff angeheuert, wo der Kapitän mit der Mannschaft versunkene chinesische Dschunken bergen wollte. So machten sie sich im chinesischen Meer auf die Suche und fanden eins der versunkenen Schiffe, das voll mit altem Porzellan und Gold war. Doch auf dem Weg zurück nach Europa meuterten einige der Matrosen, darunter auch Matthison, weil sie mit ihrem Anteil nicht zufrieden waren. Sie luden den Kapitän und die ihm treuen Männer auf einer einsamen, kleinen Insel ab, änderten den Kurs und fuhren Richtung Mexiko. Doch sehr bald gerieten sie in einen Sturm und das Schiff brach entzwei. Viele der Meuterer starben, einige konnten sich auf eine Insel in der Nähe retten, darunter auch Matthison. Mit der Zeit übermannte Matthison die Sehnsucht und da hatte er angefangen, heimlich am Strand ein Floß zu bauen. Dazu nahm er alte Baumstämme, die er mit Lianen aneinander band. Er hatte seine Arbeit unter vielen Palmenblättern gut versteckt, sodass keiner von den anderen mitbekam, was er vorhatte. Als sein Floß endlich fertig war, stieg Matthison vor Sonnenaufgang darauf und verließ die Insel. Zwei Tage und drei Nächte verbrachte er alleine auf dem Wasser.

Am dritten Tag verdunkelte sich plötzlich der Tag. Eine Riesenwelle hatte sich im Meer zusammengebraut und bedeckte den Himmel und löschte mit ihrem Schaum das Sonnenlicht. Matthison glaubte, er müsse nun sterben. Er kniete sich voller Demut vor der kommenden, ewigen Dunkelheit nieder und betete zum ersten Mal in seinem Leben das Vaterunser. Die riesige Welle hatte auch einen Pottwal aus dem Meer gerissen und ihn auf Matthison getrieben. Sein Floß kippte um, er fiel ins Wasser und wurde von der Wucht heftig nach unten gezogen. Da öffnete der Wal sein Maul und Matthison schwamm hinein.

MATTHISON

Der Wal war gigantisch. Matthison wurde in seinen Rachen hineingesaugt, wie durch einen Tunnel. Dann wurde er gegen eine weiche Wand geschleudert und blieb bewusstlos dort liegen. Irgendwann kam er zu sich und hatte keine Ahnung, wo er sich befand. So unwirklich war alles. Er sammelte sich. Um ihn herum war alles warm und feucht. Es war stockdunkel, sodass er nichts sehen konnte. Er robbte auf dem klebrigen Boden, der aus Fleisch und Blut war, betastete seine Umgebung und fand eine Öffnung, durch die er hindurchkrabbelte.

„Wer ist da?", hörte er dort in dieser Kammer jemanden fragen. Es war die Stimme einer Frau.

„Ich bin Matthison", antwortete er der Stimme und bewegte sich vorwärts in ihre Richtung. Und schließlich erreichte er ihre Füße, fasste sie an den Knöcheln und erkannte, dass es tatsächlich eine lebendige Frau war.

„Man gewöhnt sich daran", erzählte die Frau. „Am Anfang war die Dunkelheit. Sie war bedrückend, doch lernte ich, mich darin zurecht zu finden. Man kann sogar sehen, nur nicht mit den Augen. Die sind hier unbrauchbar. Ich halte sie lieber geschlossen und sehe mit meinem Körper." Matthison verstand nichts, was die Besitzerin der Füße ihm sagen wollte. Er war zu sehr erschöpft, um mit ihr zu diskutieren. Er zog es vor, zuzuhören und legte sich zu den Füßen der Frau. Sie erzählte weiter: „Wir sind im Bauch eines Pottwals. Mich hat er vor einiger Zeit verschluckt. Ich weiß nicht, wie lange das schon her ist. Es gibt hier kein Tag und Nacht. Die Zeitrechnung ist hier anders. Ich wünschte mir den Tod. Es kam die Dunkelheit, diese ewige Dunkelheit. Ich lag hier in meiner Ecke, unbeweglich und wartete auf den Tod. Doch anstelle seiner kamen Fische, die zu mir gespült wurden. Der Wal wusste offenbar, dass er mich verschluckt hatte und wollte mich mit Fischen füttern. So aß ich die Fische und anderes Meeresgetier und überlebte. Der Wal tauchte auf, hoch hinaus übers Wasser. Dann schwebte ich für einen Augenblick. Und dann fiel ich wieder und ein frischer Luftzug umwehte mich."

Matthison drückte die Füße der Frau fester an sich und fühlte sich geborgen. Ein Paar Menschenfüße in der Hand können das schönste Geschenk sein, wenn man sich im Bauch eines Wals befindet.

Hubi machte sich mit den drei Matrosen auf den Weg tief hinein in den Dschungel. Die Männer marschierten mit sicheren, festen Schritten und Hubi folgte ihnen. Das Grün der Blätter und die fremde Umgebung wirkten auf ihn bedrohlich. Noch nie hatte er so viel Grün auf einmal gesehen. Er war ganz froh, dass er keine Beine und Füße hatte und nicht laufen musste. Den Boden sah er nicht. Überall wucherte es und das Gestrüpp streifte an den Waden, Füßen und Knöcheln der Männer.

Sie liefen weiter, fernab von der Hauptstraße, an der sie aus dem Überlandbus ausgestiegen waren. Hubi wusste nicht, wie lange sie schon unterwegs waren, aber die Sonne prallte schon so heftig, dass er befürchtete, nun ganz zu verdampfen. Er schwebte in den Schatten der großen Blätter, um sich vor Hitze schützen zu können. Die Matrosen schwiegen. Der Bemalte machte komische Geräusche aus dem Rachen, die tief und vibrierend herausgepresst wurden. Er hatte das auch auf dem Schiff gemacht, wo Hubi ihn stundenlang beobachten konnte. Dabei saß er mit geschlossenen Augen und gurgelte eigenartige Laute von sich. Hubi wusste das nicht, aber der Bemalte betete auf seine Weise zu seinen Göttern und Ahnen. Er war mit ihnen in ständigem Kontakt.

Plötzlich hielten die drei an. Hubi schwirrte nun etwas höher, um besser sehen zu können. Vor ihnen hörte der Dschungel auf, und er sah einen Hügel, auf dem sich ein Gebäudekomplex mit kleinen und größeren Pagodendächern befand. Das war das Kloster der Mönche, die hier die christliche Nächstenliebe verbreiten wollten und die Matthison bei sich aufgenommen hatten. Endlich hatte der lange Weg erst einmal ein Ende. Hier sollten sie nun den Matrosen Matthison antreffen, den Hubi wegen seiner Mutter befragen wollte. Weswegen die drei anderen unterwegs zu ihm waren, wusste er nicht.

Bei den Mönchen der christlichen Nächstenliebe wurden Hubi und die Matrosen nicht sehr wohlwollend aufgenommen. Sie klopften an die große Tür. Ein Ordensträger mit schwarzbrauner Kutte öffnete und fragte: „was führt euch zu uns?"

Der Bärtige sprach: „ich bin auf der Suche nach meinem Bruder Matthison. Er soll sich in eurer Obhut befinden, sagte man mir am Hafen. Er ist Matrose wie wir und war dort gesehen worden bevor ihr ihn zu euch mitgenommen habt."

Der Mönch dachte, dass jemand aus seinen Reihen geplaudert haben musste, als sie in der Stadt ihr selbstgebrautes Bier verkauft hatten. „Aber, was bin ich für ein Gastgeber? Bitte, meine Herren, treten Sie doch ein, seien sie unsere Gäste", sagte er und ging einen Schritt zurück aus der Tür. Mit der Hand machte er eine Geste des Hereinbittens. „Sie kommen von weit her und müssen hungrig und durstig sein, so, bitte, kommen Sie doch herein. Wir können uns drinnen unterhalten."

Es stimmte. Ganz schön hungrig und durstig waren sie. Sie folgten ihm. Hubi hatte sich hinter dem Bärtigen versteckt, hatte sich ganz flach gemacht und sich an seinem breiten Rücken verteilt, sodass man als Betrachter den Eindruck hatte, als habe der Bärtige unterwegs furchtbar geschwitzt. Er betrat die dicken Mauern des Klosters als Schweißfleck, und hätte er selber noch seinen Körper gehabt, so hätte er genauso ein nasses Hemd, so sehr hatte er sich gefürchtet.

Sie folgten dem Ordensbruder durch dunkle, labyrinthartige Gänge, die staubig waren und für dieses feuchte Regenwaldklima erstaunlich trocken. Der Geistliche hatte die drei ganz bewusst in diese Gänge gebracht, denn er wollte sie loswerden. Er selber kannte den Weg heraus, kannte die Geheimtüren, die an bestimmten Stellen des Labyrinths angebracht waren. So ging er mit schnellen Schritten, in der Hand das einzige Licht, eine kleine Kerze. Die Männer hatten es schwer, ihm zu folgen, da sie öfter stolperten, weil der Boden nicht eben war. Hier und dort fehlte ein Pflasterstein, es gab Löcher, an denen sie hängenblieben und immer wieder torkelten. Hubis Furcht war entsetzlich groß. Es dauerte nicht lange, da sollten seine Sorgen größer werden. Der Mann mit dem kleinen Licht war vor ihnen plötzlich verschwunden.

Sie blieben stehen. Wo war der Weg? Es gab eine Verzweigung in drei verschiedene Gänge. „Welchen Weg ist er gegangen?", fragte der Bärtige. „Es ist nicht wichtig", antwortete der Zierliche. „Er wollte uns loswerden. Die Frage ist nur, warum?" Der Bemalte sprach nicht, sondern machte seine tief grunzenden

Laute. Die beiden anderen blieben stehen und hörten ihm zu. Er steigerte sich und wurde lauter.

Der Bemalte machte sich bereit, um in Trance zu fallen. Diese Übungen waren zum Aufwärmen. Erst machte er die tiefen Kehlgeräusche, anschließend schwenkte er seinen Kopf hin und her, einem göttlichen, unsichtbaren Rhythmus folgend, der für Betrachter sehr unharmonisch wirkte, ja sogar krankhafte Züge hatte. Es war aber noch nicht alles. Später begann er sich zu drehen, und schwankte von einem Bein auf das andere. Alle Körperteile machten andere Bewegungen. Dann begann er, mit den Füßen auf den Boden zu stampfen. Dieser Lärm verbreitete sich in den Gängen und wurde von den Mauern zurückgeworfen, so, als wäre eine ganze Armee zu ihnen unterwegs, um sie zu retten.

Der Bemalte war dabei, mit seinen Ahnen Kontakt aufzunehmen. Sie waren die Einzigen, die ihnen dabei helfen konnten, aus dem Labyrinth hinaus zu finden. Plötzlich hörte er auf zu singen und zu stampfen und fiel einfach hin. Die beiden anderen waren ratlos. Während der Zierliche nur schwieg, schimpfte der Bärtige auf den Mönch und seinen hinterhältigen Plan. Schließlich stand der Bemalte auf und packte die beiden an den Schultern. Dann machte er sich auf den Weg durch das Labyrinth. Hubi klebte immer noch als Schweißfleck auf dem Rücken des Bärtigen, denn er war besorgt, die Männer in der Dunkelheit zu verlieren.

Nach einer gefühlten Ewigkeit durch die engen Gänge kamen sie an einer Holztür an. Die Tür war jedoch verschlossen. Da wollte jemand ganz sichergehen und hatte die Tür verriegelt, falls die drei den Weg doch noch finden sollten.

„Diese Brüder haben etwas Böses vor, das spüre ich beim Vollbart meiner Ahnen", sagte der Bärtige und schlug gegen die Tür. Sie bewegte sich keinen Millimeter. Nun begannen sie alle drei Angst zu haben. Sie setzten sich auf den Boden, denn ihre Füße waren müde. „Angst klopft an die Tür. Die Neugier öffnet, doch draußen war keiner", sagte der Zierliche. „Er hat Recht!", dachte Hubi und fasste sich ein Herz. Er löste sich vom Rücken und bildete sich zurück zu einer Wolke. Nur die Salzflecken blieben auf dem Hemd des Bärtigen zurück.

„Ich kann versuchen, durch die Tür nach draußen zu schlüpfen und sie zu öffnen", schlug er ganz mutig vor. Die Männer staunten.

„Probieren geht über Studieren", ermutigte ihn der Zierliche.

„Ja, mach das!", stimmte der Bärtige ebenfalls dazu.

„Mmm…", vibrierte der Bemalte mit seiner Stimme, der sich nun bei seinen Ahnen bedankte und sich von ihnen verabschiedete.

Hubi deutete das als Zustimmung und nahm all seinen Mut zusammen. Er entwischte durch die Ritzen der dicken Holzbalken. Es war einfacher als er dachte. Nun stand er in einer hellen Halle. Die Tür war durch einen Riegel verschlossen. Er überlegte, wie er den Riegel bewegen konnte. Hätte er noch seinen Körper wie früher, mit Armen und Beinen, hätte er nicht mal nachzudenken brauchen, aber so als Wolke hatte er nicht die nötige Kraft, den Riegel zu verschieben. Doch musste er sich irgendetwas einfallen lassen. Da fiel ihm ein, dass er sich verändern konnte. Er könnte sich zu einem Eiszapfen erhärten und als dieser hätte er die nötige Schwere, gegen den Riegel zu drücken und ihn so zu öffnen. Er begann, sich sofort zu sammeln und zu verdichten, bis er erst Wasserkonsistenz hatte und dann zu einem Eis fror. Nun machte er sich schwer und drückte sich gegen den Riegel bis er sich nach unten schob und sich öffnete. Die Matrosen kamen heraus und Hubi klebte sich wieder ans Hemd des Bärtigen.

 ISTAR

Istar wusste genau, dass sie auf der richtigen Spur war. Denn der große Herr von Z. übte Macht auf sie aus, und sie hatte die Fähigkeit, Bruchteile der Macht für sich zu beanspruchen; und wenn sie sich das auch nicht erklären konnte, so konnte sie durch eine Ahnung oder Vorsehung fühlen, was passieren würde. So spürte sie, dass ihre Reise sie aufs Meer und in die Ozeane führen würde, noch lange bevor sie den drei Matrosen begegnet war. Hubis Mutter hatte ihr den Hinweis gegeben, denn auch wenn sie mit dieser Frau nicht verwandt oder befreundet war, so spürte sie schon am ersten Tag, dass sie ein Wegweiser sein sollte, der sie zum Ziel führte. Es waren die Träume, die Hubis Mutter ihr erzählte, die Istar so faszinierten. Sie selber träumte nie. Flach schlief sie, meistens im Dämmerzustand, und wehe, wenn eine Fliege im Zimmer war. Da wurde sie alleine durch das Summen wach und wieder Einschlafen fiel ihr sehr schwer.

Der große Herr von Z. hatte ihr die Träume geraubt. Wie gerne würde sie sich in ihre Jugend träumen, in ihren schönen Körper zurück, den sie mit einem Mal verloren hatte. Oft überfiel sie die Hoffnungslosigkeit; oft dachte sie, sie müsse nun so bis ans Ende aller Tage in diesem Körper alt werden. Der Körper war ja schon alt, aber ihre junge Seele, die brodelte noch und Funken schlug. Sie konnte und wollte nicht in dieser gebrechlichen, hässlichen und alten Hülle leben. Sie musste den Magier, diesen großen Zauberer, finden und ihn aus seinem ewigen Traum wecken. Nur so konnte sie den Zauber brechen.

So wollte sie die Träume von Hubis Mutter hören, wenn sie selber schon nicht träumte. Wenn die Mutter früh morgens bei der Arbeit erschien, kam Istar mit einer Tasse Kaffee zu ihr. Das war die einzige Freundlichkeit, die sie ihr entgegenbrachte. Hubis Mutter staunte über diese Geste, aber trank auch gerne den Kaffee. Istar fragte sie, was sie geträumt hatte; nie direkt, sondern tat so, als habe sie selber geträumt, nur dass sie sich nicht mehr daran erinnern könne.

„Ach", setzte sie an, „ich habe sehr verwirrende Bilder gesehen, habe aber alles wieder vergessen. Ach, das Alter, man kann sich nicht mal den Traum der vergangenen Nacht merken." So sagte sie und stützte ihren Kopf in die Hände. „Wie war die Nacht bei dir?", fragte sie dann ihr Gegenüber.

Hubis Mutter träumte sehr häufig von ihrem verschwundenen Mann. So erzählte sie oft von ihm, wie er zurückkam, mal mit einem Schiff, mal mit dem Bus, mal auf einem Pferd geritten. Istar hörte sich das schweigend an und rührte sich Zucker in den Kaffee. Doch eines Tages, kurz bevor Hubis Mutter in das Meer hinabgestiegen war, erzählte sie einen anderen

Traum. Istar hörte auf zu rühren und hielt inne, um nichts davon zu verpassen.

„Ich war im schäumenden Meer, aber nicht darauf, was man von einem Menschen denken würde, sondern ich war tatsächlich im Meer. In einer sicheren Kabine, so gut behütet fühlte ich mich, so warm umhüllt, als würde mich das salzige Nass nicht berühren. Ich war aber niemand Fremdes, was man erwarten würde, ich, ein Landei, das nicht mal schwimmen kann. Nun war ich im Meer als Teil dessen, zugehörig und vor allem völlig angstfrei. Ich sah mich unter der Meeres- oberfläche liegen und schaute nach oben, wie die flüssige Schicht alle Farben und Formen dort verwandelte und mir gefiltert wiedergab. Einmal hob ich sogar meinen Kopf aus dem Wasser und blickte in eine Welle hinein, in eine Welle, die so stark gekrümmt war, dass ein Kreis entstand, wie ein unendlich weiter Schlauch, der in der Mitte dunkel und am äußeren Rand vom Meeresschaum geschmückt war. Ein Labyrinth in Form einer riesigen Schnecke. Ich schaute tief hinein und sah die sich immer wieder erneuernden Drehungen im Inneren dieser Welle; sah, dass das Dunkle in der Mitte ins Unendliche ging und in sich alles und sogleich nichts beinhalten konnte. Sie konnte mich auch erfassen, ich fürchtete nicht, dass das geschehen würde. Ich fühlte mich im Inneren des Meeres sicher und geborgen."

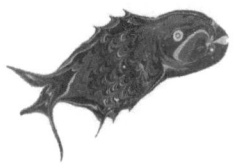

ĦUBI

Dem Labyrinth entkommen, versteckten sie sich in einer Ecke des Gemäuers und dachten nach, wie sie Matthison hier finden konnten. Sie mussten sich tarnen und sich als Mönche verkleiden, sonst würden sie auffallen. Keiner von ihnen wollte den Zorn dieser falschen Brüder auf sich ziehen. Wer weiß, wohin sie dann eingesperrt werden würden? Sie brauchten einen Plan und sie durften nicht auffallen.

„Ein guter Plan heute ist besser als ein perfekter Plan morgen", sagte der Zierliche. Hubi fasste seinen ganzen Mut zusammen und löste sich vom Rücken des Bärtigen. Er konnte ihnen jetzt helfen, denn er konnte als Wolke vorweg die Lage erkunden. Und er konnte auch schauen, ob irgendwo Mönchskutten aufzufinden waren.

Er schwebte entlang der Mauer als ein feuchter, flacher Atem im Winter, obwohl es hier nie so kalt war, dass der menschliche Hauch gefrieren konnte. Wenn einer der fiesen Brüder ihn gesehen hätte, wäre er aus dem Staunen nicht mehr herausgekommen. Hubi dachte, im Waschraum könnte er bestimmt paar Kutten finden. Er flog und fing an danach zu suchen. Um ganz sicher zu gehen, hinterließ er immer einen Tropfen von seiner Masse als Wegmarkierung auf dem Boden, so dass er auf dem Rückweg nur an den Tropfen entlangschweben und sie wieder aufsammeln musste. Er huschte die dunkle Treppe hinunter in die unterirdischen Räume. Er schaute in Kammern voller Essen und Weinfässer, mit Reichtümern wie Gold und Edelsteinen, kleinen Säckchen mit weißen und grünen Pulvern und Pasten, von denen Hubi annahm, dass es sich um Medizin handelte. Daneben Räume mit Kanonen, Waffen und anderen gefährlichen Sachen. Schon wieder kroch in Hubi die Angst hoch. Wo waren sie nur gelandet? Aber Angst half nicht, er musste den Weg in die Wäschekammer finden.

Er suchte weiter, und in einem kleinen Kellergewölbe wurde er fündig. Da lagen die dreckigen, schwarzbraunen Kutten einfach so auf einem Haufen. Wie aber sollte Hubi diese tragen? Er musste sich wieder in etwas Härteres verwandeln. Da sah er drei Kutten an der Wand an einem Haken hängen. „Das ist es", dachte er und legte sich darauf. Er wurde erst flüssig und anschließend fror er sich in die krumme Form. Danach löste er sich vom Metall als gefrorener Kleiderhaken und trug die Kutten entlang den hinterlassenen Tropfen, die er gleichzeitig mit zu sich nahm, zurück.

ISTAR

Istar wusste genau, dass es ein Hinweis war, sowohl für sie als auch für Hubis Mutter. Sie stand mit Mühe und Not auf. Ihre alten Knochen taten ihr weh. Sie stellte ihre noch volle Kaffeetasse in die Spüle und sagte nur: „jeder muss seinen Weg gehen!", und lief hinaus. Hubis Mutter wurde die Bedeutung des Traumes ebenfalls bewusst. Sie musste nun irgendwie ihren Weg gehen. Doch einer Mutter ist es nicht erlaubt, einfach zu verschwinden, sie hatte immerhin Pflichten zu erfüllen. Was sollte aus Hubi werden? Sie saß noch lange auf dem Küchenstuhl und schaute in den Strudel hinein, der aus ihrem Traum zurückgekehrt war. Nein, nein, dachte sie, sie musste Hubi erst großziehen.

Am Abend, nach der Arbeit, lief sie wie gewöhnlich zu der Treppe und schaute lange auf das Meer, bis sie zu frösteln begann und sich auf den Weg nach Hause machte. Hubi war an dem Abend nicht zu Hause. Er war verschwunden. Sie suchte nach ihm und fand auf dem Küchentisch einen Abschiedsbrief, den er ihr hinterlassen hatte. Er war weggegangen, um seinen

Vater zu finden, stand dort. Sie war nun ganz verlassen.

Die Mutter weinte und war verzweifelt. Sie schlief die ganze Nacht nicht und irgendwann hörten auch die Tränen auf. Sie starrte nur noch die Decke an. Im Dunkeln sah sie nichts. So gegen Morgen, mit der ersten Helligkeit des Tages, legte sich etwas Kühles auf sie nieder. Die Trauer, die noch Stunden oder Minuten vorher in ihr brannte wie eine offene Wunde, wurde von dieser Kälte überrollt. Nun war also der Tag gekommen. Der Tag, an dem sie ihren eigenen Weg gehen sollte. Allein. Wenn es in ihrem Leben auch keinen Hubi mehr gab, dann konnte sie alles loslassen und gehen. Sie stand auf und saß noch eine Weile am Esstisch in der Küche. Könnte er nicht kommen, gerade jetzt durch die Tür und sie fest umarmen? Sie wartete noch lange, aber das Eis legte sich nun auch über ihre Hoffnung. Da stand sie auf und lief durch die Stadt. Vielleicht würde sie dort Hubi finden. Auch wenn in ihr die Hoffnung eingefroren war, die Gewohnheit ließ sie herumlaufen. „Unsere Gewohnheiten überdauern die Hoffnung!", dachte sie.

So war der Tag, als Hubis Mutter bis zum Abend ziellos in der Stadt umherlief. Sie hätte auch aus dieser besagten Gewohnheit nach Hause laufen können. Wäre sie nach Hause gegangen, dann hätte sie ihren Hubi wieder angetroffen, da er genau zu dieser Zeit zurückgekehrt war. Während Hubi zu Hause saß, völlig erschöpft und traurig, weil seine Mutter ihm fehlte, glaubte seine Mutter, ihn für immer verloren zu haben, genauso wie sie glaubte, ihren Mann für immer verloren zu haben. So hatte die Mutter Hubi knapp verpasst und sie stieg die Treppen hinunter, weit, bis sie vom Wasser ganz umschlungen war und von der Strömung weggezogen wurde - hinein ins offene Meer. Als sie herumtrieb wie Treibholz, kam etwas Dunkles auf sie zu, hoch wie ein Berg, groß und mächtig, ein Ungetüm. Alles wurde für immer dunkel.

Hubi brachte als gefrorener Haken seinen drei Freunden die Mönchskutten. Er war ganz stolz auf sich, wie mutig er geworden war. Früher hätte er sich das nie zugetraut. Denn Hubi war ein schüchterner Junge gewesen, der im Beisein von Fremden nie etwas sagte. Er traute sich einfach nicht. Er war auch oft krank oder fühlte sich unwohl, und so hatte er viele Tage im Bett verbracht, während seine Mutter zur Arbeit in die Pension gegangen war. In diesen Tagen im Bett träumte er, ein wagemutiger Junge geworden zu sein, der mit Drachen kämpfte und eine schöne Prinzessin rettete, wie die Helden in den Büchern, die er gelesen hatte.

„Was sollte ich dann mit der Prinzessin machen?", fragte er sich. „Ich würde sie wahrscheinlich nach Hause zu ihren Eltern bringen und dann weiterziehen zu meinem nächsten Abenteuer!", beschloss er. Es gab sicherlich viele Prinzessinnen, die seine Hilfe benötigten.

Jetzt war er sehr tapfer und hatte drei ausgewachsenen Männern geholfen. Alle drei lobten ihn für seinen Mut, seine Kühnheit und seine Cleverness, denn auf so eine Idee musste man erst einmal kommen! Sie zogen ihre Kutten an und machten sich auf den Weg, Matthison zu finden. Sie fielen nun weniger auf, da sie die Kapuzen bis ins Gesicht gezogen hatten. So wagten sie sich hinein ins Kloster, an dem Speisesaal vorbei zu dem hinteren Trakt des Gebäudekomplexes, wo sie die einzelnen Kammern vermuteten, die Zellen der Mönche. So war es auch. Nach kurzer Zeit fanden sie den Raum, in dem sich Matthison befand. Sie beobachteten einen Mann aus dieser Kammer heraustreten, worin ein anderer schrie, Gott und die Welt verfluchte und etwas gegen die Wand schmiss, an der es zerschellte.

„Das muss er sein", flüsterte der Bärtige zu den anderen. Sie versteckten sich in einer Ecke, sodass der Mönch mit dem Esstablett die drei nicht sehen konnte. Als die Gefahr vorüber war, schlichen sie sich heran. Die Tür war leider verschlossen, doch der Schlüssel hing an einem Haken direkt daneben an der Mauer. Der Bemalte öffnete die Tür. Matthison wollte wieder schreien und fluchen, wie jedes Mal, wenn jemand eintrat, doch der Zierliche war mit einer sehr schnellen Bewegung bei ihm und hatte ihn mit einem sanften Schlag in den Nacken in einen Sekundenschlaf versetzt.

Sie kamen herein und schlossen die Tür hinter sich, sodass es niemandem auffallen würde. Matthison hatte gerade etwas zu essen bekommen. Eine Schale mit gekochtem Reis stand unberührt auf dem Boden. Seinen Becher mit dem Wasser hatte er gegen die Wand geschleudert.

„Wir müssen uns beeilen", sagte der Bemalte. Denn gleich würde jemand zurückkommen, um das Tablett mitzunehmen. Sie setzten sich auf die Pritsche neben Matthison. Der Zierliche gab ihm einen Klapps auf die Wange. Hubi wurde etwas flüssiger und regnete auf sein Gesicht. Er wurde wach.

„Wenn du schreist, gebe ich dir so einen Schlag, dass du nie mehr aufwachst", sagte der Zierliche in einem sanften Ton. Matthison schaute ungläubig auf die Drei, die ihre Kapuzen vom Kopf gezogen hatten.

„Wer seid ihr?" stammelte er verdutzt.

„Wir stellen hier die Fragen", sagte der Bärtige.

„Wir wollten Sie, lieber Herr Matthison, fragen, ob Sie uns bei einer Suche nicht behilflich sein wollen", übernahm der Zierliche das Wort, da er ahnte, dass Matthison unter einer Drohung nicht kooperieren würde. Er wusste, dass er Matthison etwas anbieten musste, damit er ihnen die erforderlichen Informationen gab. Matthison aber war verärgert. Er spuckte auf den Boden. Nachdem er so viel erlebt hatte, konnte ihn nichts mehr so leicht erschüttern.

„Warum sollte ich euch helfen?", fragte er in die Runde.

„Willst du denn ewig hier als Irrer bei den noch wahnsinnigeren Einsiedlern leben? Wir könnten dich befreien!", antwortete der Bärtige.

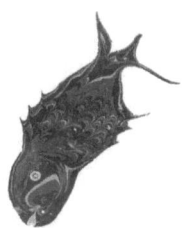# DER ZIERLICHE

Der Zierliche war schon als kleines Baby in ein buddhistisches Kloster gebracht worden. Seine Eltern waren arme Bauern und lebten mit ihren anderen sechs Kindern in der Nähe des Klosters der Bambusmönche. Die Mutter konnte sich nach der Geburt nicht mehr erholen und sie starb, nachdem sie das kleine Baby noch sechs Monate gesäugt hatte. Der Vater, arm und bereits mit den sechs weiteren - ebenfalls noch kleinen - Kindern überfordert, suchte mit dem Baby das Kloster auf und fragte den Abt um Rat. Dieser hatte bereits auf das Baby gewartet. Denn er hatte im Traum von der großen Aufgabe gehört, die ein Menschenkind noch zu erledigen hatte. Das Kloster sollte ihm dabei helfen.

So nahmen sie das Baby bei sich auf. Es wurde zunächst noch mit Eselsmilch gefüttert, dann mit Ziegenmilch, später, als das Baby seine Zähnchen bekam, saß es bei den Mönchen und aß seinen Reis mit Gemüse. Sie haben sich viel Mühe gegeben, das Kind so rein und ursprünglich wie möglich zu belassen. Das war die Voraussetzung, damit es die große Herausforderung meistern konnte. Es musste frei sein von aller menschlichen Habsucht und sonstigen egoistischen Gefühlen. Es musste frei sein von jeglichen Empfindungen, sowohl negativen als auch positiven. Es sollte alles, was in seiner Umgebung passierte, einfach hinnehmen und nur an seine Aufgabe denken. So frei wurde es erzogen. Schon als Kleinkind wurde es als Erwachsener behandelt. Man hat es nicht gehätschelt, es nicht über den Kopf gestreichelt oder zärtlich geküsst, man hat es aber auch nicht gemaßregelt, Befehle erteilt, wie es üblich ist, Kindern gegenüber. An einem kalten Wintertag wollte der Zierliche stundenlang draußen im Schnee spielen. Und obwohl alle hineingegangen waren, weil sie zum Essen gerufen worden waren, spielte er trotzig weiter. Keiner der Erwachsenen hatte die Macht und die Befugnis, ihn daran zu hindern, ihn zu packen und ins Warme zu bringen, weil er vor Kälte schon ganz blau angelaufen war. Er fiel irgendwann um und wäre fast eingefroren. Der Abt hatte aber eine Wache aufgestellt, die ihn beobachtete, und so wurde er sofort hineingetragen und gewärmt. In dieser Nacht wurde der Kleine ganz krank, und die Mönche hatten Angst, ihn zu verlieren. Aber er überlebte dank des Wildhonigs, den sie in den Wäldern gesammelt und ihm gegeben hatten. Er überlebte, doch blieb er zierlich und hatte einen Körper wie eine kleine Prinzessin. Da der Kleine recht schmal und zart war, nannten sie ihn alle „Bang", was in ihrer Sprache „zierlich" bedeutete. So kam es, dass sie seinen richtigen Namen bald alle vergaßen und er nur noch „Zierlicher" genannt wurde.

Auch wenn er nun seinem neuen Namen alle Ehre machte, war er doch sehr selbstbewusst. Als er älter wurde, begann seine Ausbildung. Ihm wurde Lesen und Schreiben beigebracht, Algebra und Naturkunde, aber auch die Kunst der Körperbeherrschung und der Zweikampf. Er lernte den Kampf als einen Tanz, der aus mehreren Figuren bestand. Als er einundzwanzig Jahre alt war, eröffnete ihm der Abt seine Bestimmung, eine besondere Schriftrolle zu finden und zu vernichten. Deshalb heuerte er auf den Handelsschiffen an. Auch wenn er nicht so wirkte, hatte er doch unglaubliche Kraft, die er auch einzusetzen wusste.

Er traf auf einem seiner Schiffe auf den Bärtigen und den Bemalten. Der Zierliche horchte auf, als die beiden anderen von einem Schatz sprachen, der aus einer versunkenen, chinesischen Dschunke gehoben worden war. Genau auf so einem Schiff sollte sich auch die verbotene Schriftrolle befunden haben. Also beschloss er, sich mit den beiden anzufreunden.

ISTAR

Istar hatte sich an die Fersen der drei geheftet. Nachdem sie den Brief gelesen hatte, worin die Rede von der Schriftrolle war, die zerstört werden sollte, wusste sie, dass der Zierliche sie zu Herrn von Z. führen würde. Denn auch er war hinter diese Rolle her. Er mischte sich immer wieder in ihr Leben ein und ließ sie Sachen machen, die sie nicht wollte. Was mit der Abneigung gegenüber Äpfeln begann, steigerte sich fast in einen Wahn. Oft wusste sie nicht, ob die Sachen, die sie mochte oder nicht mochte, von ihren eigenen Empfindungen kamen oder ihr von ihm diktiert wurden. Schon alleine diese Unsicherheit machte sie verrückt. Sie musste sich von diesem Übel befreien. Auch wenn sie ihre Jugend und Schönheit vielleicht nie zurückgewinnen konnte, so hätte sie die Möglichkeit, wenigstens in Ruhe und Frieden weiterzuleben.

Sie war als Passagier auf demselben Handelsschiff wie die drei Seemänner, denen sie folgte. Handels-schiffe nehmen oft normale Gäste auf, die entweder viel Zeit für ihre Reise oder Flugangst haben. Denn nach Kuala Lumpur kann man schneller und bequemer mit dem Flugzeug fliegen. Der Bereich der zahlenden Gäste und der der Matrosen waren voneinander getrennt, sodass Istar den Dreien auf dem Schiff nie begegnete. Und wenn, würden sie sie nicht erkennen. Istar hatte sich feinere Sachen anfertigen lassen. Sie trug nicht mehr ihren fleckigen Kittel aus der Pension. Sie hatte sich ein grünes Samtkleid schneidern lassen, das sie oft und gern trug.

In Kuala Lumpur angekommen, suchte sie sich eine Bleibe in der Nähe des Hafens, wo üblicherweise Seeleute verkehrten. Sie wollte den Zierlichen auf keinen Fall aus den Augen verlieren. Sie heftete sich an die Fersen der Drei. Aber es war nicht einfach, die Männer in einer großen Stadt zu beobachten. Als sie sich am Tag nach ihrer Ankunft zum Hafenhotel aufgemacht hatte, wo die Matrosen abgestiegen waren, fand sie dort niemanden. Die sehr geschäftstüchtige Hotelbesitzerin, die zunächst dachte, Istar wäre ein neuer Gast, war sehr freundlich zu ihr. Als sie aber hörte, dass sie nur Fragen stellen wollte, wurde sie plötzlich ganz barsch. Sie schnitt ihr das Wort ab und sprach mit bissigem Unterton: „Die drei Männer sind schon früh aufgebrochen. Ich habe jetzt keine Zeit mehr, mich mit Ihnen zu befassen! Was glauben Sie wohl, wo wir hinkämen, täte ich mit jeder dahergelaufenen Fremden stundenlang tratschen…immerhin habe ich ein Hotel zu führen. Guten Tag!" Mit diesen Worten verschwand sie auch schon hinter dem dicken Vorhang und ließ Istar alleine am Rezeptionstisch stehen.

Wo waren die Drei wohl hingegangen? Istar hatte keine Ahnung. Sie stand so kurz davor, den großen Herrn von Z. zu finden und doch hatte sie ihn verloren. Das war bitter. Völlig verzweifelt ging sie zu ihrer Pension zurück. Sie hatte keine Ahnung, was sie nun tun sollte. Diese lange Reise nochmal auf sich zu nehmen und nach Odessa zurückzukehren, war schon für ihren alten Körper eine Herausforderung. Auch hatte sie nicht mehr so viel Geld, um eine Überfahrt bezahlen zu können. Schwer beschäftigt mit diesen Fragen und unglücklich wegen der nicht vorhandenen Antworten, ließ sie ihren schwachen Körper auf das Bett fallen. Ihre Augen waren auf die Reklametafel der gegenüberliegenden Hauswand geheftet, wo in einer für sie unlesbaren Schrift etwas an- und ausgeleuchtet wurde.

Die Schrift wollte ihr etwas sagen, das wusste sie plötzlich. Nein, nicht die Schrift, sondern das Pulsieren, der An-und-Aus-Rhythmus der Schrift wollte ihr etwas erzählen. Herr von Z. war ganz in der Nähe, das spürte sie. Er machte etwas mit dieser Schrift; er machte das, um jemanden zu beeinflussen. Vielleicht war sie es, die er zu manipulieren versuchte. Vielleicht waren es die anderen drei, die er unter seinen Einfluss gebracht hatte, und sie war in der Lage, die Schwingungen zu spüren. Wenn es so war, wenn sie in der Lage war, seine Machtausübung zu spüren, dann müsste es auch möglich sein, diese Befehle zu entziffern und zu deuten. Sie ging hinaus auf die Straße und versuchte, die Signale in der Stadt zu lesen.

Sie stand lange unter dieser Reklametafel, ohne sich von den geschäftigen Passanten stören zu lassen. Später lief ein junger Mann an ihr vorbei, der über einen Kopfhörer Musik hörte. Für einen Bruchteil von Sekunden war die Musik im Takt mit dem Puls der Reklametafel. So musste sie die Zeichen interpretieren. Sie ging hinter dem jungen Mann her, so schnell wie sie nur konnte, denn er war schon recht flott unterwegs.

Er lief den Weg am Hafen entlang und bog in eine große, vielbefahrene Straße ab. Dort verschwand er in der Menschenmenge. Sie konnte nur noch ahnen, wohin er lief. Da stoppte plötzlich ein Bus genau vor ihrer Nase. Und sie hörte an den quietschenden Reifen den gleichen Rhythmus, den ihr die Reklametafel und die Musik des jungen Mannes entgegengebracht hatten. Ohne zu überlegen stieg sie hinein, setzte sich auf einen leeren Sitz und wartete auf das nächste Zeichen.

 # HERR VON Z.

Herr von Z. wuchs elternlos in einem Waisenhaus auf. Er war schon als Kind eher klein und zierlich. Die anderen Kinder ärgerten ihn und nutzten seine körperlichen Schwächen aus, um ihm niedrigere Aufgaben zu geben. Er verrichtete diese ohne große Aufregung und Zorn, denn er hatte gelernt, seine Wut zu kontrollieren und in der Welt der Träume, die er selber zu gestalten gelernt hatte, abzuarbeiten. In dieser Zeit träumte er oft von einer Gestalt, die er jedoch nie richtig gesehen hatte. Wann immer auch diese Erscheinung in seinen Träumen kam, hatte er die Augen zu, im Traum schlief er. Aber, diese Person, von der er annahm, sie sei eine Frau, half ihm in Situationen der völligen Verzweiflung, wenn Wut, Trauer und Aussichtslosigkeit ihn überwältigten und in gewisser Weise lähmten, sodass er das Gefühl hatte, nicht mehr atmen zu können.

In diesen Momenten kam ihm diese Gestalt zu Hilfe. Erst sagte sie nichts, sondern umarmte ihn, nahm den kleinen geschundenen Körper auf ihren Schoß, küsste ihn im Nacken, wo die Haare begannen. Doch später, als er etwas älter wurde, sprach sie zu ihm. Sie flüsterte ihm ins Ohr, es sei alles in Ordnung. Wie ein Mantra wiederholte sie den gleichen Satz und lange, nachdem er wach geworden war, hallten die Worte noch in seinem Kopf. Oft dachte er, diese Traumgestalt hätte ihm in seiner Kindheit das Leben gerettet. Einmal hatten ihn die Kinder in dem kleinen Weiher unter Wasser gedrückt. Sie hielten seinen Kopf unten und alles Zappeln mit den Armen und Beinen war vergebens. Sie ließen ihn nicht los. Da hörte er plötzlich die Stimme wieder und wurde ganz still. Er wehrte sich nicht mehr und öffnete die Augen. Die Umgebung war grünlich trübe, die Schlingpflanzen wogen sich in einem ruhigen Rhythmus nach links und rechts, als würden sie einer allwissenden Melodie folgen. Da wurde er ruhig und überwand die Angst. „Es ist alles in Ordnung", flüsterte die Stimme. Seine Augen hefteten sich an das tanzende Grün, das das Geflüsterte in seinem Kopf bestätigte.

Als die anderen Jungs merkten, dass er bewegungslos war, ließen sie ihn los. Sie fürchteten, ihn umgebracht zu haben. Er trieb nach oben und hob den Kopf. Die Welt war immer noch so, wie er sie kannte. Die Sonne schien, Kinder spielten lärmend etwas weiter weg am Ufer. Er hustete seine Lungen frei und kämpfte sich heraus, verdrängte seine Wut und seinen Frust. Die Trauer hatte er noch im Wasser besiegt. Von nun an hatte er das Bild vor Augen, wie er ruhig im See lag; in diesem stillen grünen Teich und dachte, alles sei in Ordnung.

In gewisser Weise wurde er an diesem warmen Frühlingstag wiedergeboren. Er fand sein Ich und sein Selbst in diesem grünen Weiher. Und später wusste er, dass er zu etwas auserkoren worden war, dass er nicht ein einfacher Junge bleiben würde, der Bäcker oder Schlosser werden würde, wie so manche aus dem Kinderheim, die mit vierzehn Jahren zu einer Lehrstelle geschickt wurden. Er zog sich zurück und las viel. Freiwillig meldete er sich zum Küchendienst, um so wenig wie möglich mit den anderen Jungs zusammenzustoßen. So half er in der Küche oder las Bücher, wenn man ihn dort nicht mehr brauchte.

Der Koch des Waisenhauses war ein alter schweigsamer Mann, der nur das Nötigste sagte. Mit ihm hatte der junge Herr von Z. viel Zeit gehabt, um nachzudenken. Auch hatte er die Möglichkeit, sich in der Küche und insbesondere in der Kräuterküche auszutoben. Oft ging er in die umliegenden Wälder, um Bärlauch, wilden Thymian oder Basilikum zu holen. Er testete die Wirkung von wilden Pflanzen und Beeren aus und so wusste er mit der Zeit genau, was er im Wald essen konnte und was nicht. Er wollte aus dem Waisenhaus abhauen, sobald er sich dazu in der Lage fühlte. Mit zwölf Jahren war er zwar nicht viel größer, aber er war kräftiger geworden. Er hatte durch die stundenlangen Wanderungen Muskeln entwickelt, die er gut gebrauchen konnte, wenn er unterwegs war. Eines Tages im Sommer packte er sich ein paar Sachen zum Wechseln ein und verschwand im Morgengrauen, um nie wieder zurückzukommen.

Matthison zu überzeugen, dauerte nicht lange. Er wollte nicht mehr bei diesen sinistren Mönchen bleiben. Er war nicht verrückt, auch wenn sie ihm das einreden wollten.

„Deine Psyche ist labil und Du musst dich ausruhen!", sagten sie ihm. Von wegen ausruhen! Er war hier gefangen und sie würden ihn nicht freilassen. Diese Kuttenträger wollten eine Information aus ihm herausbekommen, nur wusste er nicht genau, wonach sie suchten. Er redete nach Möglichkeit nicht viel und wenn er etwas erzählen musste, um sie zufrieden zu stellen, dann sagte er etwas Zusammenhangloses aus seiner Kindheit in einem entfernten, nordischen Land.

Er wusste allerdings nicht, was diese drei Männer von ihm wollten. Matthison überlegte, was für ihn besser wäre und wie weit er diesen Gestalten trauen konnte. Er könnte es allerdings wagen, dachte er, weil er zu genau wusste, was die Mönche mit ihm vorhatten. Sobald diese erfahren würden, was sie wissen wollten, würden sie ihn umbringen. Das Schlimme war, Matthison wusste nicht einmal, wann genau das sein würde. Denn er wusste nicht, was die Mönche von ihm wissen wollten und wie nah sie ihrem Ziel gekommen waren. Wenn sie kurz davor stünden, würden sie ihn bald umbringen. Er vermutete, sie würden ihn vergiften. Etwas Gift in sein Essen mischen, das würde nicht weiter auffallen und keinerlei Dreck verursachen. Seinen Leichnam würden sie irgendwo an der Mauer verscharren. Er aß schon eher wenig und oft schmeckte das Essen so miserabel, dass er dachte, es sei bereits vergiftet. Nachts konnte er nicht einschlafen, weil er dachte, er würde nie mehr aufwachen.

Auch wenn er diese Drei nicht kannte; schon alleine die Möglichkeit, sich von hier abzuseilen, war für ihn verlockend. Er überlegte also nicht allzu lange und sagte zu. Hubi huschte hinaus, um zu schauen, ob die Luft rein war und sie nun abhauen konnten. Draußen in den Gängen sah er niemanden. Die Ordensbrüder waren zu Tisch. Sie mussten sich beeilen, um gefahrlos hinaus zu gelangen.

Die Matrosen nahmen Matthison in ihre Mitte und rannten aus der Tür hinaus. Hubi schwebte als dünne Wolke vornweg und gab Anweisungen über die Richtung. Nach einer Weile hatten sie einen Hinterausgang gefunden, der nicht oft benutzt wurde, der aber direkt in den umliegenden Dschungel mündete. „Vermutlich eine Geheimtür, die in der Not benutzt werden würde!", überlegte Hubi. Alle atmeten tief ein, als sie im Grünen waren. Um sie herum sahen sie nur Bäume und hohe Gräser. Die Sonne schien, die Luft war feucht. Die Männer schwitzten und warfen ihre Kutten weg. Das Laufen hatte sie müde gemacht.

„Wir machen eine Verschnaufpause!", sagte der Bärtige, der aufgrund seiner dichten, roten Haare besonders unter der Hitze litt.

Sie ließen sich auf einer Lichtung nieder. Hubi wollte unbedingt die Geschichte seiner Mutter hören. Er sammelte all seinen Mut zusammen und sprach Matthison an, der gerade ein Stückchen Kautabak in seinen Mund geworfen hatte. Der Zierliche schaute sich die Himmelsrichtungen an, während der Bemalte sich etwas abseits im hohen Gras sitzend mit seinen Ahnen in Kontakt trat. Hubi, der sich als Tau auf das frische Gras hingelegt hatte, sammelte sich zu einer Wolke, setzte sich die Schneekristalle als Augen auf, damit Matthison etwas hatte, wohin er beim Sprechen schauen konnte. Dann räusperte sich Hubi und Matthison drehte sich zu ihm um. Er sah ihn an und fragte fröstelnd: „Wer bist du?"

„Entschuldigen Sie, dass ich mich Ihnen nicht vorgestellt habe. Ich bin Hubi!", sprach er etwas verlegen. Hubi war als Kind stets höflich und stellte sich immer zuerst vor, bevor er etwas von fremden Menschen wollte. So verhielt er sich auch als Wolke. Man wandelte seinen Charakter eben nicht so schnell, auch wenn er nun seine ganze äußerliche Form verändert hatte.

„Könnten Sie mir die Geschichte meiner Mutter erzählen?" Matthison kaute langsam an seinem Tabak und fragte verwirrt: „Wer ist denn deine Mutter? Woher sollte ich sie kennen? Ich kenne keine

Gewitterhexen!" Er lachte laut. Auch der Bärtige musste lachen, denn der Witz war echt gut, wenn man bedachte, dass Hubi für die Männer nur eine Wolke mit Augen war, die auch noch sprechen konnte. Seine Mutter musste auch so etwas sein. Hubi aber wurde traurig. Dann beschloss er, tapfer zu bleiben und sich von seinem Ziel nicht abbringen zu lassen.

„Meine Mutter ist die Frau, der Sie begegnet sind. Sie lebt im Bauch des Wals. Das haben Sie doch selber erzählt. Genau diese Geschichte möchte ich hören!"

„Ach ja, diese Geschichte", murmelte Matthison vor sich hin und wurde nachdenklich.

„Ja, da gab es so eine Geschichte. Als mich ein Wal verschluckt hatte, da traf ich diese Frau, die in dessen Bauch lebte."

„Am besten erzählst Du uns die ganze Geschichte, von Anfang an. Fang doch direkt da an, als ihr den Schatz ausgegraben hattet", bat ihn der Bärtige.

DER BEMALTE

Der Bemalte hatte von allen dreien am meisten zu verlieren. Er stammte von einer kleinen Insel aus der Südsee, wo die Frauen barbusig waren, um die Hüften breite Strohröcke trugen und die schönsten Blumen im Haar, aber manche von ihnen waren so schön, dass die Blumen mit den großen Kelchen vor Neid erblassten. Die Haare waren schwarz und glänzend wie ein Pantherfell und so glatt, als hätte sie die Seidenraupe in ihren schlaflosen Nächten gesponnen, um so ein Kunstwerk für die Ewigkeit zu erschaffen.

Sein Volk war friedfertig. Sie hatten keine Feinde. Waffen besaßen sie nicht, nur kleine Speere, die sie zum Fischfang benutzten. Auf ihrer Insel hatte jeder seine Aufgabe. Der Bemalte war, genauso schon wie sein Vater und sein Großvater, Fischer. Sie fuhren mit ihren schlanken Booten aufs Meer und fingen mit ihren Speeren Fische. Nach dem Tod seines Vaters fuhr der Bemalte nun alleine hinaus. Sie waren nicht mehr so viele auf der Insel, denn einigen war das Leben dort zu eintönig geworden. Den ganzen Tag ohne Freizeitbeschäftigung und Fernsehen langweilten sie sich. Tatsächlich hatte ein Missionar dort einen Fernseher aufgestellt, und sie konnten nun sehen, dass draußen eine noch größere und buntere Welt existierte als auf ihren Inseln. Sie schipperten mit ihren schlanken Kajaks auf die große Hauptinsel und von dort aus auf einem Schiff in den Rest der Welt. Und so kam es, dass bald fast kein junger Mensch mehr auf der Insel lebte. Die schönen Frauen mit den Blumenhaaren verschwanden in die Welt der Fernsehkiste und ebenso all die jungen Männer, die sich Körper und Gesicht bemalten, um die bösen Geister fernzuhalten.

So erging es auch dem Bemalten, der eines Tages beschloss, in die große Welt zu reisen und diese merkwürdigen Menschen zu sehen, die Augen hatten wie der Himmel selbst. Auch er nahm Abschied von den noch wenigen Alten seiner Heimat und wurde Matrose. Er ist nie wieder auf seine kleine Heimatinsel gekommen und auch lebten dort nicht mehr seine Ahnen. Sie waren alle tot. Der Tod bedeutete ihm keinen ernsten Bruch. Er konnte meditieren und in Trance mit ihnen in Verbindung treten. Er ließ sich vor jeder wichtigen Entscheidung, vor jedem großen Schritt, von ihnen beraten. Er hatte seine Heimat und seine Ahnen stets bei sich.

Diese Brücke zu ihnen drohte jedoch einzustürzen. Jemand wollte diesen Übergang zwischen ihm und seinen Ahnen sprengen und darauf seinen eigenen bauen, der nur zur alleinigen Benutzung da sein sollte, für alle anderen versperrt. Die Ahnen des Bemalten bekamen die Versuche des Herrn von Z. mit. Sie wussten, er hatte Schlimmes vor. Ohne diese transzendentale Brücke zu ihrem Nachkommen wären sie eingesperrt in ihren eigenen Erlebnissen. Alles würde sich dort wiederholen, alles würden sie sich wieder und wieder aufrufen müssen, weil es keine neuen Impulse mehr gäbe. Und dieses Wiederholen des Vorhandenen würde Aggressionen hervorrufen und sogar zum Streit führen. Die Ahnen mussten das mit aller Macht verhindern. Sie berieten sich und taten etwas, was sie eigentlich nie tun durften. Jemanden aus der Welt der Lebenden, jemanden von ihren Nachkommen zu beeinflussen, diesen Zauberer zu stoppen. So schickten sie den Bemalten auf seine Reise.

Die Matrosen hatten Hunger. Sie mussten etwas zu essen finden. Der Bemalte kannte sich in der Natur am besten aus. Er sagte: „Ich werde mich mal umschauen, ob ich etwas Essbares finden kann. Vielleicht gibt es Früchte in dem Wald."

Er stand auf und ging. Die anderen widersprachen nicht, denn sie wussten, dass der Bemalte wissen würde, was er tat. Matthison hörte nicht auf zu erzählen. Mit jedem Wort, was er fand und in einen richtigen Satz zusammengefügt, baute er seine Gedanken und ordnete sie in der richtigen Reihenfolge. Manchmal haderte er darüber, welches Ereignis vorher und welches nachher geschehen war und überlegte lange, sagte leise etwas zu sich selbst, kratzte abwechselnd den kahlen Kopf und seinen stacheligen Bart, schnippte den Dreck unter seinen Fingernägeln weg und erzählte dann weiter. Der Bärtige hatte es inzwischen aufgegeben, etwas Brauchbares in diesen wirren Geschichten zu finden, und hatte angefangen, laut zu schnarchen. Der Zierliche war sich nicht im Klaren, was von den Geschichten wahr oder erfunden war, deshalb saß er nur da und hörte andächtig zu, zumindest tat er so. Der Einzige, der sich jedes Wort in seiner Wolke merkte, war Hubi. Denn für ihn gab es keinen Unterschied zwischen Wahrheit und Erfindung. Er mochte alle Geschichten von Matthison, denn er wusste, irgendwo in ihnen steckten seine Eltern drin.

Nach einer Weile kam der Bemalte mit einer Mütze voll beerenartiger Früchte zurück. Sie hatten außen Stacheln, weswegen er sie in seiner Mütze getragen hatte.

„Ich habe etwas Essbares gefunden. So ähnliche gibt es bei uns zu Hause auf der Insel." Matthison hörte auf zu erzählen und schnappte sich eine Beere. Der Zierliche war skeptisch, was die Früchte betraf, doch schließlich hatte er zu großen Hunger. Der Bärtige wurde wach, weil die monotone Erzählstimme von Matthison fehlte. Als er sah, wie gierig die anderen die Stacheln entfernten und den Inhalt in ihre Münder stopften, schnappte er sich auch eine. Sie schmeckte sehr süß und hatte ein ungewöhnliches Aroma.

Die Männer aßen, und Hubi schaute ihnen zu. Insgeheim wünschte er sich, die Geschichte von seiner Mutter weiter zu hören, aber Matthison war nun mit Essen beschäftigt. Das war etwas langweilig. Deshalb stieg Hubi in die Höhe auf, um sich einen besseren Überblick über die Gegend zu verschaffen. Sie mussten den Weg wieder zurückfinden, jedoch hatten sich seine Begleiter darüber keine Gedanken gemacht. Er wollte sich etwas umschauen, aber hatte gleichzeitig Bedenken, sich im Dschungel zu verirren. So ließ er, wieder als Markierung, Tropfen von sich auf die Blätter fallen, und machte sich auf, einen Weg zu finden.

Hubi war inzwischen mutiger. Er hatte schon zwei Mal den erwachsenen Männern geholfen. Ohne ihn wären sie nie aus dem Labyrinth gekommen oder hätten Matthison befreien können. Er fühlte sich nun wieder in der Pflicht, einen Ausweg aus dem dichten Regenwald zu finden. Die Methode mit den Tropfen hatte ihm schon einmal geholfen. Er flog hoch über die Bäume hinweg, über das Dach aus Blättern hinaus. Nach einer Weile sah er eine buckelige, alte Frau im dichten Grün laufen und laut fluchen. Er erschrak, weil er sie kannte. Sie war die Pensionswirtin, bei der seine Mutter gearbeitet hatte. Da kroch Unbehagen in ihm hoch, denn für ihn hatte sie immer ausgesehen wie eine Hexe. Er stieg herunter in den Blätterwald und wollte seine hinterlassenen Tropfen aufsammeln, um den Weg zurück zu den Matrosen zu finden. Nur fand er sie nicht mehr. Sie waren von Tieren aufgeleckt, von Würmern und Maden aufgesogen und vor allem waren sie in der allgemeinen Feuchtigkeit aufgegangen und nicht mehr als seine zu identifizieren. Es waren überall Tropfen, nur wusste er nicht mehr, welche seine waren. Er war mitten im Dschungel verloren.

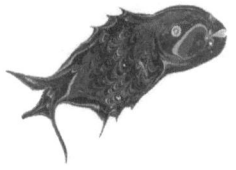

 ARI

Hubis Vater Ari lebte schon eine ganze Weile auf der kleinen Insel mit dem Kapitän und dessen treuer Mannschaft. Er fühlte sich verpflichtet, bei ihm zu bleiben, auch wenn Gerüchte sich verbreiteten, der Kapitän würde seiner Mannschaft weit weniger ausbezahlen als den ursprünglich versprochenen Anteil am Schatz.

Die Besatzung des Schiffes hatte sich in zwei Lager geteilt. Viele der Matrosen meuterten. Sie waren in der Überzahl, weswegen sie auch das Schiff ohne große Probleme in ihre Gewalt bringen konnten. Ari hatte sich dagegen entschieden, weil eine Meuterei eine Straftat war. Mit einer Straftat, dachte er, könnte er nicht zu seiner Familie zurückkehren und das wollte er auf keinen Fall in Kauf nehmen. Er hatte - im Vergleich zu den meisten - eine Frau und ein Kind, die er wiedersehen wollte. Auch wenn er nicht den versprochenen Anteil bekam, so hatte er immer noch genügend Geld verdient, um sich ein hübsches Häuschen kaufen und vielleicht einen kleinen Laden aufmachen zu können. Auch dachte er, die Männer könnten ohne den Kapitän und seine Erfahrung auf hoher See nicht klarkommen und würden entweder kentern und versinken oder ziellos umherirren. Er aber wollte wieder heim. So ging er mit dem Kapitän von Bord, der in ein Beiboot mit einem knapp halben Dutzend Männern stieg und das Schiff für immer verließ.

Es war ein sonniger Tag. In der Nähe war eine kleine Insel. Sie mussten nur hin paddeln. Die Männer um den Kapitän stachen die Paddel kräftig in die Richtung der Landmasse, von der sie nicht wussten, was sie dort erwartet. Sie kamen fast verdurstet an, wanderten ins Hinterland und fanden eine Wasserquelle. Dort ließen sie sich nieder. Ihnen war kein Mensch oder etwas Menschliches begegnet. Auch später, als sie die Erforschung weitertrieben, fanden sie niemanden. Sie mussten sich hier einrichten, bis sie jemand von der Insel befreien würde. Es war eine kleine Vulkaninsel mit einem Berg in der Mitte. Drum herum gab es dichte Vegetation mit großen Vögeln, die aussahen wie Rebhühner. Es gab kleine Rehe, die sie fingen und aßen. Es gab Wurzeln, die sie zermahlen und zu Brot backen konnten. Sie teilten sich die Aufgaben: manche jagten nach Vögeln, andere sammelten essbare Früchte. Es gab häufig Raufereien, doch der Kapitän konnte sie schlichten, immer wieder.

Ari vermisste aber seine Frau und sein Kind. Er lief immer wieder zum Strand und schaute nach, ob ein Schiff käme, das ihn von der Insel befreien könnte. Einige der Männer rasteten von Zeit zu Zeit aus und schrien laut, rannten wie verrückt umher, fluchten auf

Gott und auf alles. Wenn sie sich verausgabt hatten, fielen sie kraftlos in einen tiefen Schlaf. Dann befahl der Kapitän, sie in die Hütten zu tragen und zu pflegen. Er nannte die Krankheit „Inselkoller", die zwar nie tödlich endete, aber sehr lästig war.

Ari wusste, er würde die Insel verlassen. Irgendwann würde ein Schiff kommen und ihn mit den noch verbliebenen anderen Männern befreien. So versuchte er, ruhig zu bleiben und fing an, gläubig zu werden. Er wollte Gott spüren, Gott in seiner Nähe haben. Er entwickelte eine Gläubigkeit, die er bisher nie gehabt hatte. Sein Glaube würde ihn retten. Er würde ihn davor schützen, durchzudrehen oder an „Inselkoller" zu erkranken. So wartete er und hoffte.

Hubi war ratlos. Was sollte er jetzt tun? Wie sollte er den Weg zurück finden? Wenn er noch ein Junge wäre, hätte er geweint. Er war vollgesogen von Trauer und Angst, sodass er dunkel und schwer wurde. Schließlich konnte er die Spannung nicht mehr halten und löste sich in Sprühnebel auf. Er fiel herunter auf all die großen grünen Blätter, auf das ohnehin schon feuchte Gras, auf die bunten Vögel, auf große Käfer und Schmetterlinge, auf die geöffneten Kelche der Orchideen, auf die blanken Wurzeln der Bäume. Er sank herunter wie feiner Staub, den man mit bloßen Augen sehen konnte. Seine zarten Tropfen hingen in der Luft, fein und dicht zusammen, sie schwebten lange, bevor sie tänzelnd und wirbelnd herunterfielen. Er regnete auch auf die grauen, verfilzten Haare von Istar, auf ihre runzelige Stirn, auf ihr grünes Samtkleid, auf ihre zerschundenen Hände, auf ihre knöchrigen Füße, auf ihren Buckel und auf ihre Nase. Sie blieb stehen, hob den Kopf und schaute sich den feinen Wassernebel an, der ihr Gesicht benetzte, so sanft, als würde sie jemand mit einer Feder kitzeln. Was für eine

Freude sie hatte. Sie vergaß all ihren Kummer und legte sich auf den Boden und genoss mit geschlossenen Augen das Nieseln auf ihr Gesicht.

Hubi indes goss seine ganze Trauer auf die Erde nieder. Er verlor sich auf der Fläche, er hatte keine Tiefe mehr, er hatte sich verbreitet und umfasste fast den ganzen Dschungel. Wenn er sich erweiterte, verlor er sich, er wurde mehr und mehr Oberfläche, seine Dichte und Kontur nahmen ab. Die Intensität seines Daseins ging ihm verloren. Es war ein unbekanntes Gefühl und wie vor allem Neuen und Unbekannten fürchtete er sich auch davor. Er wollte sich wieder sammeln und verdichten, er wollte wieder Tiefe haben und sich intensiver fühlen. Da er nicht alleine sein wollte und Istar die Einzige war, die in seiner Nähe war, beschloss er, sich bei ihr zu sammeln. Er regnete sich schneller ab, verdunstete dann zu einem feinen Nebel und verzog sich wieder hoch über den Baum, unter dem sich Istar auf den Boden gelegt hatte. Es dauerte eine Weile, bis Hubi alle seine Tropfen zu einer Wolke verdampfen lassen konnte.

Währenddessen schlief Istar. Die Feuchtigkeit benetzte sie, und da es im Dschungel warm war, fühlte sich das Nass kühlend und erfrischend an. Sie träumte - in diesen Dunst eingehüllt, in einem Licht, das grünlich strahlte. Um sie herum stiegen die Schwaden, also musste irgendwo ein See sein. Sie suchte den Herrn von Z., sie rief nach ihm, mal wütend, mal verzweifelnd: „Wo bist du, der mich zu dieser alten Frau gemacht hat? Wach endlich auf!" Doch es kam nur

ihr Echo zurück, das die Nebelwand ihr   entgegen-
schlug.

Hubi wartete oben, bis Istar aus ihrem Traum erwachte. Sie schrie auf, schlug um sich und öffnete
dabei die Augen. Sie hatte ihn nicht gefunden und nun
- so ganz alleine - fühlte sie sich ebenfalls im Dschungel
verloren. Sie brach in Tränen aus. Sie weinte erst leise,
dann laut. Es war keiner in der Nähe, der sie hören und
bemitleiden konnte. Die Menschen bedauerten andere
und freuten sich gleichzeitig, nicht selbst in deren
Situation zu sein. „Nur deswegen mögen viele die
Geschichten des Scheiterns", dachte sie. Istar hatte stets
darauf geachtet, anderen keine Möglichkeit zu geben,
mit ihr Mitleid zu haben.

Sie weinte um all die verlorene Zeit, die sie mit
Hoffnung gelebt hatte, eines Tages ihre alte Form
zurückzubekommen. Sie erkannte nun in diesem
ewigen Grün, aus dem sie nicht mehr hinausfinden
würde, ihre verlorenen und vergeudeten Jahre. Wie
konnte sie nur ein ganzes Leben damit verbracht
haben, den Mann zu finden, von dem sie hoffte, er
könne in der Lage sein, ihr die Jugend zurückzugeben?
Dabei war sie ganz in seiner Nähe. Das hatte sie
gespürt. Doch nun lag sie hier, und so alt und
gebrechlich wie sie war, würde sie nicht mehr aus dem
grünen Dschungel hinausfinden.

Der Regen, der auf sie fiel und sie zum See des
Magiers gebracht hatte, hatte aufgehört. Der Magier
blieb unauffindbar, obwohl er schon so greifbar nah zu
sein schien. Wenn der Regen nicht geendet hätte, dann
hätte Istar Herrn von Z. vielleicht doch gefunden. Sie

schaute nach oben und sah eine Wolke, die sie beobachtete.

Hubi beschloss, zu ihr zu schweben.

ḥERR VOꙨ Z.

Der große Magier Herr von Z. wanderte neun Jahre durch die Welt. Es war ein zielloses Wandern, könnte man annehmen, doch er hatte einen Plan, der sich formte und konkreter wurde: die Schriftrolle zu finden, von der er eine Seite mit den Zeichen besaß. Diese Seite hütete er wie seinen Augapfel. Damit sie nicht verloren ging, hatte er sich die mysteriösen Symbole auf seinen Oberschenkel tätowiert. So hatte er die Möglichkeit, dass er sie immer bei sich trug und niemand außer ihm sie sehen konnte.

In den Jahren seiner Wanderung durch die kahlen Berge Mesopotamiens erlebte er dort heftige Kriege, die er nicht verstand. Auch sein Meister, der als Magier in den riesigen Steinfiguren lebte, konnte ihm keinen triftigen Grund für dieses Schlachten nennen. Womöglich hatte jemand anderes schon lange vor ihm die Seite aus der Schriftrolle gelesen und versuchte ebenfalls die Weltherrschaft an sich zu reißen. Nur für diesen Zweck ließ er Menschen gegeneinander kämpfen.

Er durchquerte Schlachtfelder und roch das dampfende Blut der Toten. Er sah Städte, die im Grau ihrer Betonasche eingehüllt waren, sah Menschen mit leeren Augen kilometerweit wandern, in der Hoffnung, woanders willkommen geheißen zu werden. Doch selten waren sie das. Der Mensch hat die Neigung, jeden zu meiden, dem es schlechter geht als ihm, womöglich aus Angst, dieser Zustand könnte auf ihn überspringen, wie die Flöhe eines Hundes. Oder aber auch die Erkenntnis, dass es ihm ähnlich ergehen könnte. So wanderte er weiter und ließ all das Elend hinter sich, aber auch die schönen Momente der Ruhe und absoluter Zufriedenheit, die er hatte, als er einmal bei einem Ziegenhirten unter einem Baum schlief.

Er marschierte durch Städte, zog nach Norden, wo nicht nur das Wetter kühler wurde, sondern auch die Leute. Die klebrige Hitzigkeit der Menschen aus seiner Heimat war diesen nicht gegeben oder sie war in den kalten Nächten des Nordlichtes erloschen. Genau das beeindruckte Herrn von Z. Hier konnte er seine menschlichen Bedürfnisse herunterschalten, einfrieren wie das ewige Eis. Die Vernunft war umso freier, wenn der Körper und seine Wünsche auf ein Minimum reduziert wurden. Er beschloss, zu bleiben und an seiner Berufung weiterzuarbeiten: das Geheimnis der Schriftrolle zu lösen und die ganze Macht an sich zu reißen.

Herr von Z. mietete sich ein Zimmer und übte kleine Zauberkünste gegen Bezahlung aus. Er arbeitete nur so viel, bis er das Nötigste für sich hatte. Seine Hauptbeschäftigung blieb das Interpretieren der

Schriftzeichen. In dieser Zeit begegnete er Istar, die ganz anders war als alle anderen Frauen in seinem Leben. Sie hatte goldenes Haar und ihre Augen hatten die Farbe des Wassers, so klar wie ein Bach an einem Frühlingstag. Bei Istar war alles mit einer deutlichen Klarheit ausgestattet, was Herrn von Z. erstaunte, weil sie in ihrer Persönlichkeit und in ihrer Erscheinung keinen Raum für Deutung ließ. Grenzen waren bei ihr klar umrissen. Ihre Lippen waren wie kleine Erdbeeren, die Wimpern wie dichte Strohfächer, ihre Figur hochgewachsen, ihre Hände und Füße knochig, ihre Stimme tief. Es schien, alles Unentschiedene war ihr genommen worden, so einfach war es, sie zu beschreiben. „Ich werde niemand Besseren zum Üben finden, als Istar", erkannte er. So eindeutig ihr Äußeres war, so eindeutig musste auch ihr Inneres gestaltet sein. Das war die große Faszination, die Istar auf den Herrn von Z. ausübte. Er wollte sie besitzen.

DER BEMALTE

Der Bemalte heuerte auf verschiedenen Schiffen an, darunter große Handels- oder Fangschiffe, die nicht nur Sardinen fischten, sondern diese auch direkt vor Ort säuberten und verarbeiteten. Das war eine Fabrik auf See, die den Fisch fing und direkt in die Dosen packte, ohne dass er verderben konnte.

Es war schon verwunderlich für den Bemalten, dass er nach wie vor seinen Beruf ausübte, nur dieses Mal nicht auf seinem kleinen Boot. Es hatte sich nicht viel verändert; er war dem Meer treu geblieben. Oft hatte er sich vorgenommen, ein Leben auf dem Land zu verbringen, wie die meisten Menschen auf den großen Kontinenten; nur dann wurde er seelisch krank. Er fühlte sich plötzlich von allen vereinnahmt, nicht nur von Menschen, weil er so exotisch aussah und die Aufmerksamkeit auf sich zog, nein, sondern auch von Sachen um sich herum, wie zum Beispiel von Möbeln, in Besitz genommen zu werden. Er konnte nicht lange an einem Ort bleiben oder in einem Raum lange verweilen. Er fühlte, wie die Gegenstände ihn, oder besser gesagt seine Energie, aufsaugten, glaubte, die tote

Materie lechzte sich danach, sich mit der Energie der Lebendigen aufzuladen. Er hatte oft das Gefühl, nicht länger auf einem Stuhl sitzen zu können, weil er spürte, wie ihm sein Gesäß wehtat oder sein Rücken schmerzte. Und dann zog dieser merkwürdige Schmerz hoch, seinen Nacken entlang. Spätestens dann sprang er auf und flüchtete, um sich vor der totalen Übernahme zu retten. Deswegen wechselte er oft seine Pension, wenn er gezwungen war, auf ein neues Schiff zu warten, das ihn auf die nächste Fahrt mitnehmen würde.

Auf den Schiffen und auf dem Meer hatte er dieses Gefühl nicht. Da war die feste Masse durch das Wasser gebrochen und griff ihn nicht an. Auf dem Wasser fühlte er sich in Sicherheit und Geborgenheit, was wiederum die anderen auf dem Schiff nicht verstehen konnten. So war auch die einzige Situation, in der er in Lebensgefahr geriet, in einer Pension. Der Bärtige hatte ihm damals das Leben gerettet. Es geschah in Rotterdam, in einer dieser kleinen Gaststätten mit Zimmern für Matrosen, direkt am Hafen. Er lebte dort schon über zwei Monate auf der Suche nach einem möglichen Schiff. Die Tage und insbesondere die Nächte wurden immer qualvoller. Das karg eingerichtete Zimmer begann ihn leer zu saugen, schien ganz neidisch zu sein auf all die schönen Verzierungen auf seinem Körper, das spürte er. Das Bett wollte ihn morgens nicht hergeben. Er hatte Mühe, aufzustehen und oft blieb er lange darin liegen. So harrte er tagelang auf der schmalen und harten Liege und nahm die Geräusche der Straße in sein Dämmern auf. Alles fügte sich in seinem Kopf wie ein Brei aus wirren Bildern zusammen. Er konnte die Sprache des weißen Mannes nicht gut verstehen. Die Laute der Straße brachten Eindrücke aus seiner Kindheit hervor. Bilder von seinen Ahnen, die längst gestorben waren, kamen zurück und schienen eine Sprache zu sprechen, die er verlernt hatte. Sie wollten ihn retten, konnten es aber nicht, weil er sie nicht mehr verstand. Ein Zustand des Deliriums machte sich breit. Auch als er wach wurde, konnte er sich nicht mehr vor dem Wirrwarr in seinem Kopf retten. Er fing an zu schreien und randalierte in seinem Zimmer. Die Gegenstände dort wollten ihn ganz auflösen, sie wollten, dass er sich mit ihnen vereinigte. Er hätte darin für immer seine Seele verloren, in dieser Welt der Materie.

Er legte Feuer. Er wollte wenigstens seine Seele retten. Er wollte die Materie auslöschen, den kleinen Tisch, die Liege, den Stuhl, die dunklen Gardinen, die früher mal Blumen hatten. Alles brannte um ihn herum lichterloh und er tanzte darin und lachte und schrie, so kurz vor seiner Erlösung. Da brach die Tür ein und etwas Großes und Kräftiges erschien im Türrahmen. Zwei kräftige Hände erfassten ihn, zerrten ihn hinaus. Das war seine Rettung aus dem brennenden Zimmer. Für ihn war es die Rettung aus der Macht der Materie.

Der Bemalte konnte nicht so richtig lesen. Er konnte nicht, wie üblich, Buchstaben als Laute entschlüsseln, die sich dann zu Wörtern bildeten. Er lernte die geschriebenen Wörter als Ganzes; als das, was das Wort bedeutet. Alle für ihn notwendigen Wörter und Schilder hatte er auswendig gelernt und wusste, was sie aussagten. Das Wort „Vorsicht" bedeutete einfach „Vorsicht". Er sah darin nur, dass er aufpassen musste, wenn er ein Schild so beschriftet sah. Alle anderen Wörter, die diesem ähnelten, konnte er nicht ausmachen. Es war ihm auch egal, denn er las keine Zeitungen und Bücher. Er ließ sich im Leben durch seine Verbindungen zu seinen Ahnen leiten. Dieses Gefühl saß tief in ihm wie ein Kompass, der ihm die Richtung zeigte, ohne dass er je wusste, wohin sein Weg ihn führte.

Dieses „Wohin" stellte er nie in Frage, denn er sah und fühlte sich als ein Teil des Ganzen, ein Teil seines Stammes, von denen viele schon gestorben waren, für ihn aber weiterhin existierten. Auch machte er sich keine Gedanken, sondern handelte intuitiv und bedankte sich durch tiefe Meditation bei seinen Vorfahren, in der Hoffnung, sie mögen ihn nie allein lassen. Seine Ahnen hatten das auch gar nicht vorgehabt. Denn das kleine Völkchen auf der Insel war nie so weit gekommen, dass es fremde Kulturen und Bräuche kennengelernt hätte. So war es für die Toten eine willkommene Abwechslung, ihn zu begleiten, um so neue Eindrücke zu bekommen.

Die Ahnen des Bemalten merkten schnell, dass ein anderer ihnen die Beziehung zu ihrem Urenkel streitig machen wollte, denn Herr von Z. hatte begonnen, seinen Einfluss auf den Bemalten auszuweiten. So versuchten sie, ihn vom Einfluss des Herrn von Z. fernzuhalten. Doch es gelang nicht immer. Der Bemalte erlebte dann diese innere Unzufriedenheit und Zerrissenheit, die er dunklen Mächten zuordnete, die ihn vernichten wollten. Dabei bedeutete für ihn Vernichten nicht etwa nur zu töten, sondern sich dem Opfer zu bemächtigen, über dessen Tod hinaus.

Doch der Grund dieser Disharmonie waren weniger die dunklen Mächte, die es so gar nicht gab. Es waren seine eigenen Stammesahnen, die Möglichkeiten ausloteten, welchen Weg sie wählen sollten, um den Zugang zu der Welt der Lebenden nicht einstürzen zu lassen. Dies hatte Herr von Z. vor und übte daran. Die Inselahnen des Bemalten formierten sich zu einer Gegenabwehr, doch waren sie dabei nicht immer einer Meinung. Durch diese Uneinigkeit, gepaart mit dem Dazwischenfunken der Befehle von Herrn von Z., geriet der Bemalte von Zeit zu Zeit in größte Bedrängnis. Seit dem letzten Vorfall in der Pension, wo ihn der Bärtige aus dem brennenden Zimmer gerettet hatte, vertraute er sich diesem ganz an. Im Gegensatz zu ihm war der Bärtige ein gebildeter Mann. Er hatte so viele Geschichten gelesen, die in kleinen, merkwürdigen Zeichen versteckt waren. Jedem, der diese Symbole zu deuten wusste, offenbarten sie spannende Erlebnisse. Oft, wenn sie lange auf dem Schiff waren, erzählte der Bärtige solche Geschichten, und der Bemalte hörte gespannt zu. Und später begann er selbst Geschichten zu erzählen, in denen es nur so von Zyklopen, Sirenen, Zauberinnen und Kriegern wimmelte. Für den Bärtigen waren es Sagen, nicht real, nur Kindermärchen, aber der Bemalte glaubte, dass sie wahr waren.

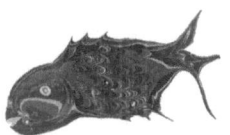 HERR VON Z.

Herr von Z. war von der Schriftrolle besessen. Er wusste, er würde sie finden müssen. Wer diese Zeichen besaß, den besaßen sie und ließen ihn nicht mehr los. Es war sein Schicksal, dazu war er auserkoren worden. Diese eine Seite, die er immer bei sich trug, tätowiert auf seinen Oberschenkel, würde ihn früher oder später dorthin lotsen. Er musste nur alles mit sich machen lassen. Oft dachte er, es sei sein Wille, wenn er etwas tat. Doch dann wurde er unsicher. Wie sollte ein kleiner Mann, aus den Bergen Mesopotamiens, es bewerkstelligen, die Weltherrschaft an sich zu reißen? Das war in der Tat eine ungeheuerliche Aufgabe. Dann zweifelte er daran, Ursprung und Motor seines Handelns zu sein, und glaubte an etwas, das stärker war als sein Eifer. Er schien nicht mehr der Auslöser zu sein, sondern nur ein Werkzeug, das von wem auch immer benutzt wurde. Auch wenn er nur ein Werkzeug war, so fühlte er sich dazu auserkoren, eben das sein zu dürfen. Von so vielen Menschen auf der Welt wurde er auserwählt. So nahmen ihn diese Gedanken in Beschlag und beschäftigten ihn sehr lange - ob er seinen eigenen Willen hatte oder doch nur gelenkt wurde. Immer wieder stellte er sich auf die Probe.

Er haderte und hatte in der kleinen Pension in Stockholm, wo er zusammen mit Olafson und Matthison auf ein Schiff wartete, um nach Rotterdam überzusetzen, eine heftige Krise. Um sich zu beweisen, dass er seinen freien Willen hatte, blies er kurzerhand die ganze Reise ab, und heuerte mit den anderen beiden auf einem Fischkutter an, der Heringe aus der Nordsee fing. Zugegeben, seine Freunde waren von dieser Idee nicht gerade begeistert gewesen und insbesondere Olafson hing an seinen Lippen, um eine Erklärung zu bekommen, die ihn versöhnen sollte. Olafson glaubte an ihn. Er vertraute ihm sogar mehr als sich selbst. Herr von Z. wollte oder konnte ihm nicht sagen, dass er sich in einer Klausur befand, um herauszufinden, ob er frei war oder nicht, dass er sich begreifen wollte und dazu diesen Plan ablaufen ließ, dessen Ende er selber noch nicht kannte. Er meinte nur, es sei als Übung zu sehen, da sie alle drei keine Erfahrung in der Kunst der Seefahrerei hätten. So arbeiteten sie ein ganzes Jahr auf dem Fischdampfer und schleppten tonnenweise Heringe an Bord.

Dieses eine Jahr war nicht so befreiend, wie er sich erhofft hatte. Ganz im Gegenteil, er spürte eine Sehnsucht in sich, die ihn fast krankmachte. Lange versuchte er dagegen anzukämpfen, lange unterdrückte er sie unerbittlich und redete sich ein, dass er diesen Weg gewollt habe, dass er selbst, sein freier Wille, sich dazu entschieden hätte. Er wurde krank und hatte undefinierbare Träume. Er fühlte sich verfolgt von der Sehnsucht, die wie eine riesige Welle über ihn kam, wieder und wieder; egal, wie weit er abzuhauen versuchte. Schließlich gab er nach und nahm ein Schiff, das alle nach Rotterdam brachte.

Dort warteten sie auf das richtige Schiff. Herr von Z. wusste nie genau, worauf er zu achten hatte oder was wichtig war. Die Seite aus dem Buch war mit chinesischen Zeichen versehen, die sich über Jahrhunderte nicht verändert hatten. Er glaubte tief an seine Erkenntnisse und noch mehr an die Intuition, die ihn leitete. Oder war es die Schriftrolle, die unbedingt von ihm gefunden werden wollte? Er ließ sich in seine Empfindungen fallen und kämpfte nicht mehr dagegen an. So fand er eines Tages das Schiff des finnischen Kapitäns Mikka, der im südchinesischen Meer versunkene Dschunken bergen wollte. Herr von Z. heuerte auf dem Schiff an und nahm seine treuen Gesellen Olafson und Matthison mit auf die Reise.

Alle drei waren frei wie Vögel in der Luft. Sie gehorchten nur sich selbst, hatten jegliche Wurzeln zu ihrer Heimat abgeschlagen und sogar zu ihrer Vergangenheit. Es zählten nur die Zukunft und die jetzige Anstellung, die nicht dazu gedacht war, so viel Hering wie möglich zu fangen oder Waren von einem Ort zum anderen zu bringen. Diese Fahrt war etwas völlig anderes. Es war eine mit unbestimmtem Ausgang. Dort konnte alles passieren. Sie konnten den Schatz finden und ganz reich werden; unterwegs dahin konnte das Schiff aber kentern oder zerbrechen. Herrn von Z. war sich all dieser Risiken bewusst. Auch wenn er bereits viel gewandert war, so war dieses Risiko hier

höher, denn all die Jahre der Wanderung war er nur auf sich selbst gestellt gewesen. Nun aber begab er sich in die Hände eines Mannes, von dem er nicht viel wusste, außer, dass er ein Kapitän war und mit seinem Schiff auf Schatzsuche gehen wollte.

Hubi sammelte sich zu einer freundlichen weißen Schäfchenwolke und setzte sich die Schneekristallaugen auf.

„Hallo", sagte er, nachdem er sich auf einen Ast über Istars Kopf gestellt hatte. Mit angezogenen Knien lag sie am Boden, das Gesicht in die feuchte Erde gedrückt. Sie hatte den Kampf aufgegeben.

„Hallo", sagte Hubi etwas lauter. Istar hob den Kopf und schaute um sich.

„Jetzt habe ich angefangen zu halluzinieren", sagte sie laut. Wen sollte sie hier im Dschungel hören?

„Ich bin hier oben", sagte Hubi. Er wollte ihre Aufmerksamkeit auf sich ziehen. Sie drehte sich um und schaute zu ihm. Da war eine merkwürdige weiße Erscheinung. Sie rieb sich die Augen und schaute wieder auf den Ast, wo zwischen den grünen Blättern tatsächlich etwas Weißes war.

„Sprichst du zu mir? Wer oder was bist du?", fragte sie.

„Ich bin Hubi", antwortete er. Nun hatte er etwas mehr Mut gefasst. Er löste sich vom Baum und schwebte herunter auf ihre Höhe. Sie konnte nun in seine kristallenen Augen schauen. Er verengte sie zu einem freundlichen Lächeln und formte sich einen Schlitz als Mund, den er bewegte, wenn er sprach. Mit einem Gesicht war es einfacher für ihn, mit Menschen zu sprechen. Sonst waren sie irritiert, wenn eine Wolke oder ein feuchter Fleck an der Decke mit ihnen redete.

„Ich sehe schon Geister. So weit ist es nun gekommen", sprach Istar laut zu sich.

„Ich bin kein Geist. Ich bin nur eine Wolke", warf Hubi ein, der sich etwas angegriffen fühlte.

„Was willst du von mir?", fragte Istar, der es nun egal zu sein schien, ob sie mit einem Geist oder mit einer Wolke sprach.

„Ich bin im Dschungel verloren gegangen. Und ich glaube, du könntest mir helfen, meine Freunde zu finden", meinte Hubi schüchtern. Er fasste jedoch den Mut und erzählte Istar auch von seiner Mutter und wie er sich auf den langen Weg machte, sie zu finden.

„Ich kann niemandem helfen, nicht mal mir selbst. Schau doch mal, wie ich aussehe. Ein Häufchen Elend. Wie soll ich dir denn helfen?", wollte sie mit gesenktem Haupt wissen, während sie sich niedersetzte.

„Ich fürchte mich alleine. Wenn wir zu zweit sind, fühle ich mich schon besser", antwortete Hubi.

Istar kam nun der Gedanke, dass ihre Hoffnung nicht ganz erloschen war und dass sie mit Hubi zusammen den Magier finden konnte. Sie dachte sich einen Plan aus. Sie würde Hubi im Glauben lassen, dass sie nach seinen Freunden suchte, aber in Wirklichkeit würde sie den See finden wollen, wo der Magier in seinen Träumen lag. Ihre Laune besserte sich.

„Nun kleiner Freund, ich werde dir helfen. Los, auf geht's!", sagte sie und richtete sich auf. Sie blieb jedoch stehen und schloss die Augen. Sie musste den Weg des Magiers instinktiv finden. Sie wartete auf ein Zeichen, auf etwas, das sie wiedererkennen würde. Doch sie spürte nur Durst. Ihre Kehle war so trocken, dass sie husten musste.

„Ich bin furchtbar durstig", sagte sie „und nichts zu trinken!"

„Ich kann dir Wasser geben, ich bin eine Wolke. Wenn du magst, regne ich für dich", schlug ihr Hubi vor.

Istar öffnete ihren Mund einen Spalt breit und Hubi benetzte ihre Zunge. Nur ein paar Tropfen und sie fühlte sich wieder gut.

„Vielen Dank, kleiner Hubi", sagte sie und schloss die Augen, um tief Luft zu holen.

Hinter ihren Augen öffnete sich die Sonne und hinter dem Licht traten die Umrisse einer Landkarte hervor. Istar war erstaunt. Je deutlicher sie darin blickte, desto tiefer tauchte sie in die Karte hinein. Plötzlich sah sie einen kleinen See, der sich wie ein Wurmfortsatz in eine dichte, grüne Landschaft hinein-schlängelte.

„Da, das ist er", schrie sie laut. Sie hatte ihn gefunden.

„Geht es dir wieder gut? Wollen wir weiterlaufen?", fragte Hubi. Sie öffnete die Augen und befand sich wieder im hoffnungslosen Dschungel. Jetzt wusste sie, wie sie den See finden würde. Hubi war ihr Zeichen und er würde sie zum See bringen.

 DER BÄRTIGE

Der Bärtige war der jüngste Spross einer wohlhabenden Kaufmannsfamilie aus Lübeck. Er hatte in der Kindheit Privatlehrer, die ihn in Arithmetik und Algebra unterrichteten, aber er hatte keine Lust darauf. Er wollte stattdessen auf der Straße spielen, toben und raufen. Er wuchs schnell und hatte eine kräftige Statur. Seine Mutter wollte, dass er Musiker werden sollte, doch interessierte er sich weder für Melodien noch für Instrumente. Er wollte viel lieber unter den Sternen schlafen. Die einzige Musik, die er mochte, war die Stimme der Natur, die er in der Stadt kaum hörte.

Er musste in dieser verhassten Stadt leben, träumte allerdings von einem wilden Leben, in dem er alles mit seinem Körper erfahren konnte. Er nahm mit Dreizehn Reißaus, lebte eine Zeit lang auf der Straße und heuerte dann auf Schiffen an. Er wollte ein selbstbestimmtes Leben haben ohne seine Eltern oder Lehrer oder wer auch immer ihm sagte, was er zu tun hatte. Er hatte aber Angst, seine Familie würde ihn wiederfinden und ihn in sein früheres Leben einsperren. Er war für seine Dreizehn Jahre recht kräftig gebaut und sehr groß gewachsen, sodass er für Sechzehn gehalten wurde. Auf dem Meer fühlte er sich wohl. Dort war keiner, der ihn zum Stillsitzen zwang oder darauf achtete, dass die Tischregeln eingehalten werden. Auf dem Schiff herrschten raue Sitten, er konnte sich dort gut durchsetzen. Er rasierte sich nie und auch seine Haare ließ er wachsen. Sein Bartwuchs war dicht und stark, seine Haare fielen ihm in Locken um sein Gesicht. Er war so dicht behaart, dass man sein Gesicht nie hätte beschreiben können, bis auf die Augen, die wie zwei grüne Tümpel aussahen. Er hoffte, solange er diese roten Locken und den langen Bart im Gesicht trug, würde ihn keiner aus seiner Familie erkennen und zurückholen können. Er war ständig unterwegs auf Schiffen. Er hatte auf dem Land das Gefühl, man könnte ihn doch finden. Er mochte die Städte nicht. Er mochte auch seinen Namen nicht, den seine Eltern ihm gegeben hatten. Er ließ sich „der Bärtige" nennen und stellte sich auch so vor.

Als er an dem Tag des Brandes in der Pension wartete, wollte er nur eins: aus Rotterdam zu verschwinden. Er lag auf seiner Liege und zählte die Stunden bis der nächste Tag anbrach. Auf festem Boden fühlte er sich unwohl. Er hatte seine Seekrankheit auf dem Festland, nie auf dem Meer. Auf dem Meer war sein Körper in ständiger Bewegung. Er war damit beschäftigt, sein Gleichgewicht zu finden. Dieses innere Ausbalancieren gab ihm eine Beschäftigung, sodass er zur Ruhe kam. Auf See, auf einer ständig schaukelnden Unterlage, fand er seine innere Zufriedenheit, die er auf dem Festland vermisste.

„Morgen", dachte er, „bin wieder unterwegs."

Doch da hörte er jemanden schreien. Der Schrei kam von nebenan, wo zwar jemand wohnte, der aber laut der Wirtin schon lange nicht mehr aus seinem Zimmer herausgekommen war. Er rüttelte am Türknopf, aber die Tür war von innen abgeschlossen. Er drückte gegen sie, aber sie bewegte sich nicht. Dann rammte er sie mit seiner Schulter. Die Tür brach aus dem Scharnier. Innen sah er schwarzen Rauch aufsteigen und Feuer züngeln. Mittendrin erkannte er einen Mann, der halbnackt darin tanzte. Er packte ihn und zerrte ihn heraus.

Er lief mit ihm auf die Straße. Dort beruhigte sich dieser, aber so richtig bei sich war er immer noch nicht. Sie gingen zum Hafen und warteten, bis sie auf das Schiff gelassen wurden. „Wir sind uns sehr ähnlich", dachte er. Auch dieser überall tätowierte Mann mochte das Festland nicht. Der Bärtige merkte, dass es eben auch andere Menschen gab, die gleich fühlten wie er und war voller Dankbarkeit.

Später auf dem Schiff erzählte ihm der Bemalte vom Brauch seines Volkes, so lange bei dem Bärtigen zu bleiben, bis er mit einer ähnlichen Tat seine Schuld abbezahlt hätte. Das war dem Bärtigen nur ganz recht, denn er fühlte sich bei dem anderen gut aufgehoben. Auch wenn sie miteinander nicht viel sprachen, so hatte er doch ein gutes Gefühl, wenn sie nebeneinander saßen. Der Bemalte murmelte oft etwas in einer ganz anderen Sprache, was den Bärtigen aber nicht weiter störte. Da er den Lauten keine Bedeutung geben konnte, hörte sich das für ihn sogar beruhigend an. Für ihn waren diese Wortfetzen zusammen mit dem Gemurmel die schönste Melodie der Welt.

ꞪERR VON Z.

In Rotterdam heuerte Herr von Z. zusammen mit seinen beiden Kumpanen auf dem Schiff, das im südchinesischen Meer auf Schatzsuche ging, an. Es war eine lange Fahrt. Herr von Z. blieb öfters in der Kabine und meditierte. Er saß dabei stundenlang in einer unbequemen Stellung, die sich Lotussitz nannte. Es gab auf dem Schiff nicht viel zu tun. Es wurde gestritten, Wetten abgehalten und viel Karten gespielt. Kapitän Mikka forderte immer wieder Selbstkontrolle von der Belegschaft. „Männer", sprach er fast täglich zu der kleinen Mannschaft, „Männer, ein bisschen Selbstachtung. Wir sind schließlich nicht auf einem dieser Touristendampfer mit lauter senilen Senioren, die sich benehmen wie Zwölfjährige in der Vor-pubertät!"

Zugegeben, viele der Männer verstanden nicht, was der Kapitän damit meinte, aber sie hielten sich eine kurze Weile an das, was er sagte. Sie benahmen sich, gaben sich Mühe, nicht zu raufen und aufs Deck zu spucken, doch hielt das nicht sehr lange an. Dann begann etwa eine harmlose Diskussion darüber, ob die Augen des anderen eher grün oder hellbraun waren.

Aus solch nichtigen Anlässen heraus waren sie in der Lage, eine heftige Schlägerei anzuzetteln, sodass der Kapitän nur noch den Kopf schütteln konnte.

Herr von Z. hielt sich zurück und bat Matthison und Olafson ebenfalls, in solchen Situationen die Ruhe zu bewahren. Nach einer gefühlten Ewigkeit, als die Tage wärmer wurden und die Luft feuchter, sprach der Kapitän: „Männer, wir nähern uns unserem Ziel. Hier werden wir nach den versunkenen Dschunken suchen. Bitte macht euch bereit zum Tauchen, um in der Tiefe die Lage zu erkunden." Die Taucher zogen ihre Anzüge an und wurden mit den Beibooten ins Wasser gelassen. Kapitän Mikka und ein paar seiner Männer folgten ihnen mit komplizierten Geräten zur Koordinatenbestimmung ins Beiboot. Die Taucher sprangen ins Wasser und übten die Zeichensprache, mit der sie sich in der Tiefe verständigen mussten. Und schließlich begannen sie tiefer zu tauchen, tiefer in eine Landschaft, die sich unter ihnen öffnete, in der sich Schluchten hinter Gebirgskämmen auftaten, von wo ihnen Fischschwärme entgegenschwammen.

Herr von Z. war fasziniert, als er das erste Mal auf der Oberfläche des Wassers lag und nach unten schaute. Er hatte das Gefühl zu fliegen. Er war dazu verleitet zu glauben, dass er runterfallen könnte, tief auf den Meeresboden, so sehr meinte er, dass er fliegen würde. Er war hingerissen von der Wasserwelt, die dem über der Erde ähnelte. „Wir alle sind Fische, die in der Luft schwimmen; in der Luft, die nicht so dicht ist wie Wasser, sodass darin schwimmen nicht möglich ist wie im Meer", dachte er.

Er tauchte weiter weg vom Beiboot in die Richtung eines Riffs, das sich vom Meeresboden aus wie ein bunter Hügel erhob. Er hatte alles vergessen. Alles, was der Tauchlehrer ihm gesagt hatte - denn keiner sollte allein tauchen - hatte er ignoriert. Er sah das bunte Riff, das ihn an die Gesteinsformationen Mesopotamiens erinnerte; an die kahlen, blanken Felswände, zu denen er oft auf seinen Wanderungen geblickt hatte. Er dachte an die nackte Erde dort, die sich im Frühling mit einem Teppich aus wilden Blumen schmückte, als würde sie sagen wollen, dass in ihr noch sehr viel Leben stecke und dass man sich nicht von schmucklosen Bergen beirren lassen solle. Er tauchte weiter in Richtung des Gesteins, einem Adler gleich schwebte er über dem Riff und er hatte auch, nachdem die Technik des Schwebens im Wasser gelernt war, keine Angst mehr, reinzufallen oder sich darin zu verlieren.

Als er später genau an der Stelle langsam tiefer tauchte, an der die chinesische Dschunke vor Hunderten von Jahren versunken war, da wusste er intuitiv, dass er zu dem Schatz geführt werden würde, zu seinem speziellen Schatz. Der Schatz hatte also ihn gefunden, die Zeichen in diesem Wrack warteten auf ihn. Er schwamm langsam wieder an die Oberfläche; wieder einem Vogel gleich, der sich allmählich mithilfe der Thermik hochtragen lässt, trieb er mit langsamen Beinbewegungen seitlich an die Wasseroberfläche und informierte den Kapitän über seinen Fund.

MATTHISON

Matthison hatte sich zusammen mit Olafson bereiterklärt, auf dem Schiff des Kapitäns anzuheuern. Er war noch ein Jüngling und das Abenteuer lockte ihn. Herr von Z. schien wie besessen zu sein von einer fremden Macht. Matthison verstand ihn nicht. Während Olafson und er ständig auf der Suche nach Abenteuer waren, grübelte dieser kleine Mann im Zimmer der Pension. Später, als sie auf dem Schiff unterwegs waren, änderte er sein Verhalten nicht. Er saß fast die ganze Zeit in der gemeinsamen Kajüte und keiner wusste so genau, was er dort machte.

Als sie das chinesische Meer erreicht hatten, wo laut dem Kapitän die Dschunken gesunken waren, da wurde Herr von Z. munter. Stundenlang konnten sie ihn an der Reling beobachten, wie er dastand und auf das offene Meer starrte. Seine Mimik war wie festgefroren, seine Augen leer, sein Mund fest verschlossen. Das Einzige, was sich an seiner Erschei-nung bewegte, war sein Haar, das vom Wind herumge-wirbelt wurde. Matthison wurde diese Erscheinung unheimlich. Im Gegensatz zu Olafson, der Herrn von

Z. vergötterte, blieb Matthison ihm gegenüber stets skeptisch. Er beobachtete ihn ständig, weil er ihm nicht ganz geheuer war und er von Herrn Z. eine unheimliche Tat erwartete.

Sie erreichten das Ziel, das der Kapitän durch seine Berechnungen ermittelt hatte und warfen den Anker. Die Männer machten sich an die Arbeit. Matthison hatte sich für die Arbeit auf dem Schiff eintragen lassen, denn obwohl er als Matrose das Leben auf dem Schiff liebte, mochte er nicht gerne ins Wasser gehen. Das Wasser war nicht sein Element, er ging nie schwimmen. So wollte er auch jetzt nicht tauchen und nach Dschunken suchen, sondern lieber oben bleiben und dort die Arbeit erledigen, die anfiel, wie beispielsweise die Flaschen mit Sauerstoff zu befüllen und zu kontrollieren, Taucheranzüge trocknen zu lassen und die Beobachtungen der Taucher auf der Seekarte aufzuzeichnen, um so die bereits abgesuchten Gebiete einzugrenzen.

Der Kapitän hatte sich auf eine längere Suchaktion eingestellt. Matthison saß zusammen mit Herrn von Z. in einem kleinen Beiboot bei ihm und half, die Messgeräte zu lesen und eine Karte vom Meeresboden zu zeichnen, in die sie die Taucherergebnisse eintrugen. Plötzlich wurde Herr von Z. auf etwas aufmerksam und schaute eine Weile starr auf die Wellen, die von weit hinter dem Horizont zu ihnen herüberkamen. Dann äußerte er den Wunsch, tauchen zu wollen. Kapitän Mikka wollte erst nicht, denn es war schon eine Tauchertruppe unterwegs, die erst zurückkommen musste. Und allein sollte niemand tauchen. Olafson, der darauf wartete, mit der zweiten Mannschaft zu tauchen, meldete sich und versprach dem Kapitän, Herrn von Z. ins Wasser zu begleiten. So beobachtete Matthison, wie die beiden Männer ins Meer stiegen.

Sie tauchten gemeinsam, doch nach einer Weile kam Olafson am Beiboot hoch. Aufgeregt und fast aufgelöst berichtete er, er habe Herrn von Z. verloren. „Ich war vor ihm und hatte ihn gebeten, dicht hinter mir zu bleiben. Und als ich mich nach einiger Zeit umdrehte, war er nicht mehr da. Ich habe keine Ahnung, wohin er verschwunden ist."

Matthison zog Olafson aus dem Wasser und versuchte ihn zu trösten, so gut er konnte. Der Kapitän war sichtlich verärgert und schimpfte lauthals. „Das fängt ja gut an! Anstatt das Schiff zu finden, verlieren wir Männer!" Doch Matthison glaubte nicht, dass der Magier verloren war. Er ahnte, dass Herr von Z. einen wie auch immer gearteten Plan verfolgte. So ging er seiner Arbeit nach und trug die Messpunkte der Taucher ein, die nun nacheinander kamen. Plötzlich schrie jemand: „Da ist er!" Weit weg vom Boot war er auf der Wasseroberfläche aufgetaucht. Sie fuhren hin und fischten ihn aus dem Wasser. „Ich habe sie gefunden", sagte Herr von Z.

Sie gingen aufs Schiff. Matthison half ihm, sich auszuziehen. „Er muss müde sein", dachte er, doch in den Augen des Herrn von Z. war nur eine freudige Aufgeregtheit zu sehen. Er wollte sofort eine neue Flasche nehmen und wieder tauchen. Doch der Kapitän lehnte ab. Er beäugte Herrn von Z. skeptisch. Wie konnte er nur mit einer Flasche so lange unter Wasser bleiben? Zumal Herr von Z. kein erfahrener Taucher war. „Der Kapitän hatte nicht mehr mit ihm gerechnet", dachte Matthison, während er den Magier mit einem Handtuch abrubbelte, um ihn zu erwärmen, doch der Körper war nicht kalt. Was hatte das zu bedeuten? Matthison fühlte eine innere Unruhe. Warum, wusste er sich nicht zu erklären. Dabei waren sie dem Ziel sehr nah. Er konnte sich nicht freuen, dass Herr von Z. wieder aufgetaucht war und noch weniger, dass er eine Dschunke gefunden hatte.

Die Lage und die Koordinaten der Dschunke waren eingetragen, so gut Herr von Z. Auskunft geben konnte. Am nächsten Tag fuhren sie mit dem Schiff zu der Stelle, die Herr von Z. angegeben hatte. Sie holten das versunkene Gut in riesigen Netzen hoch. Auf dem Schiff herrschte eine emsige Geschäftigkeit voller Freude. Matthison machte seine Arbeit und beobachtete Herrn von Z., wie dieser seine Augen über die Kisten und Krüge wandern ließ, als wartete er auf eine bestimmte Sache.

ḥ€RR VOn Z.

Als Herr von Z. im Meer war, blieb die Zeit stehen. Er atmete immer weniger durch seine Sauerstoffflasche und ließ sich durch eine unterirdische Strömung treiben. Er kämpfte nicht dagegen, er fügte sich. „Manchmal muss man sich widerstandslos der größeren Macht fügen, um zu überleben", dachte er. So schwebte Herr von Z. im Wasser einem unbekannten Ziel entgegen. Innerlich kannte er die Quelle genau, die ihn anzog. Und es erstaunte ihn keineswegs, als er die Dschunke fand, die überwuchert war mit Seetang und Meeresgetier. Er beeilte sich nicht, auch wenn er aufgeregt war, ließ er sich weiterhin langsam von der Strömung zum versunkenen Schiff tragen.

Das Schiff war viel kleiner, als er es sich vorgestellt hatte. Ein einfacher Körper aus Holz, der in der Mitte gebrochen war, worin Fischschwärme ein- und ausschwammen. Es lagen dort kaputte Kisten, deren Inhalt sich auf dem Boden verteilt hatte. Vieles davon war bemaltes chinesisches Porzellan, kleine und große Gefäße, Tier- und Menschenfiguren, daneben kleine Schatullen. In einer der Kisten würde sich die Rolle befinden. Er war aber nicht in der Lage, seinen Schatz alleine zu heben. Auch wenn er so kurz vor dem Ziel wieder aufgeben und nach oben schwimmen musste: er war vom Glück erfasst.

Am nächsten Tag tauchte er mit der ganzen Mannschaft. Sie nahmen die Ausrüstung mit, um den Schatz bergen zu können. Sie hoben die Kisten an und setzten sie in Netze hinein, die sie dann nach oben zogen. Oben am Schiff hing ein Seil an einem Flaschenzug, an das sie die Netze banden und diese dann an Bord zogen. Sie hatten für den Schatz extra einen Container mitgenommen und verstauten alles erstmal darin.

Diese Arbeit dauerte und Herr von Z. wurde mit jeder Kiste aus dem Bauch des Schiffes immer nervöser. Er wusste, die Rolle befand sich in einer der verschlossenen Kisten. Sie hatten an diesem Tag in mehreren Tauchdurchgängen den gesamten Inhalt der Dschunken auf das Schiff gebracht. Damit keiner daraus etwas stehlen konnte, hatte der Kapitän sie alle in der einen Hälfte des Containers aufstapeln lassen. Dort wurden sie erfasst und dokumentiert, danach eingepackt und in transportsichere Behälter in die andere Ecke des Containers geordnet.

Sie hatten die Aufzeichnungen fast abgeschlossen, da wurde eine Eisenbox entdeckt, in der die Schriftrolle aufbewahrt worden war. Herr von Z. musste verhindern, dass die Schrift darin von jemand anderem gesehen wurde. Er hatte sich freiwillig für die Arbeit des Katalogisierens gemeldet, und als ihm die Box gebracht wurde, um sie zu erfassen, versteckte er sie hinter den Kisten mit dem Porzellan.

Er hatte vor, in einer späten Stunde die Box zu öffnen und die Schriftrolle daraus zu entnehmen. So schlich er also in der darauffolgenden Nacht zum Container. Aber es gelang ihm nicht, die Rolle der eisernen Box zu entwenden. Der Kapitän kam ihm dazwischen, der seit dem Fund nicht mehr richtig schlafen konnte vor Angst, dass ihm jemand den Schatz stehlen könnte, und dabei dachte er weniger an seine Mannschaft, sondern an fremde Schiffe, die eventuell hätten beobachten können, wie sie die Fracht der Dschunke geborgen haben. Er wollte eben das mit aller Macht verhindern und solchen Piraten seinen mit viel Fleiß und Geduld verdienten Schatz nicht überlassen. Er schlief also nicht besonders tief und jedes noch so leise Geräusch machte ihn wach. Auch an dieser Nacht hatte ihn eine merkwürdige Ahnung geweckt, und um nachzuschauen, ob alles in Ordnung wäre, ging er zum Container. Herr von Z. versteckte sich noch rechtzeitig in einer Nische und wurde vom Kapitän nicht entdeckt.

Es war schwieriger als er dachte. Herr von Z. konnte seinen Plan so nicht durchführen. Dabei wollte er die Rolle nehmen und mit ihr vom Schiff gehen. Er hatte dafür einen Taucheranzug versteckt. Er wollte abtauchen und sich von derselben Strömung, die ihn auch zu der Dschunke gebracht hatte, zu einer Insel bringen lassen. Diese Insel war ganz in der Nähe.

In der folgenden Nacht probierte er es nochmal, doch der Kapitän war wieder wach und tigerte umher.

Herr von Z. musste sich nun einen anderen Plan einfallen lassen. Das Schiff hatte bereits Kurs zurück nach Europa genommen, wo der Inhalt der Dschunke durch ein Auktionshaus verkauft zu werden sollte. Ihm war die starke Wirkung der Schriftzeichen durchaus bewusst. Wenn er die Schriftrolle selber nicht besitzen konnte, so sollte sie auch kein anderer bekommen. Er musste sie vor der Welt verbergen. Dazu hatte er nicht viel Zeit. Er schaute sich den Container an, der mit einer speziellen Halterung an dem Schiff befestigt war, damit er bei Sturm nicht herunterrutschte. Das Schiff war kein großes Handelsschiff, sondern eher eins, worin kleine Gruppen von Touristen Seereisen machten. Der Kapitän hatte dieses Schiff gechartert, da er für seine Mannschaft Platz brauchte und nur eine kleine Ladefläche für den Container bereitstand. So stand der Container offen an Deck.

„Ich muss den Container vom Schiff loslösen und warten, bis es einen Sturm gibt", sagte er sich. Das war die einzige Möglichkeit. Sie fuhren weiter. Es war gerade Sommer. Es schien die Sonne und die See war ruhig. Herr von Z. wurde mit jedem Tag, den sie ihrem Ziel näherkamen, unruhiger und Albträume plagten ihn. Nur ein heftiger Sturm konnte ihn retten. Er zog sich in seine Kabine zurück und lag mit geschlossenen Augen auf der Liege. „Ein Sturm, hohe Wellen sollen an das Schiff schlagen und den Container mit sich reißen!", wünschte er sich.

In der darauffolgenden Nacht braute sich am Horizont ein Sturm zusammen. Die Wellen wurden größer, und ihr weißer Schaum spritzte heftig gegen den Schiffsrumpf. Der Kapitän blieb am Steuer und war überrascht, weil die Wettermeldungen das Unwetter nicht vorhergesagt hatten. Er kämpfte mit jeder Welle und ließ die Mannschaft wecken. Der Sturm wurde immer heftiger, die Männer hatten bald keinen Halt mehr auf dem Schiff, das mal nach rechts und mal nach links gestoßen wurde.

Nach zwei Stunden wurde die See plötzlich ruhig. Die Männer machten sich auf, um den Schaden zu begutachten, aufzuräumen und zu reparieren, soweit es ihnen gelang. Kapitän Mikka überließ das Steuer seinem Steuermann und lief zum Backbord, um den Container zu kontrollieren, doch er war nicht mehr da. Die Wellen hatten ihn mitgenommen, tief hinein in das Meer.

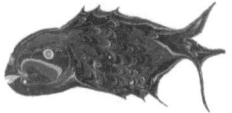 MATTHISON

Der Sturm hatte auf dem Schiff fürchterliche Spuren hinterlassen. Matthison hatte noch nie vorher so viel Angst um sein Leben gehabt wie in dieser Nacht. Berghohe Wellen kamen auf sie zu und warfen sich auf das Schiff. Sie waren kurz davor zu kentern, so sehr neigte sich das Schiff unter der Gewalt des Wassers. Erst waren sie damit beschäftigt, das Schiff vor möglichen Schäden zu beschützen, doch später, als der Orkan die See aufwühlte wie ein Mixer, sah jeder einzelne von ihnen zu, sich festzuhalten so gut es ging, um sein Leben zu retten.

Matthison sah Gegenstände, die um ihn herumflogen und duckte sich in eine Ecke. Dieses Unwetter, ahnte Matthison, musste etwas mit dem Schatz zu tun haben, den sie geborgen hatten. Jemand oder etwas wollte nicht, dass der Inhalt entdeckt wurde. Was könnte das sein? „Das chinesische Porzellan und die Kisten mit Figuren?" Während er sich diese Gedanken machte, sah er, wie sich das Schiff plötzlich aufrichtete, und eine dunkle Wasserwand auf sie zukam.

„Herr, lass uns dieses Unwetter heil überstehen, der Kapitän möge das Schiff gut lenken!", betete er und bekreuzigte sich. Danach wurde er gegen die linke Reling geschleudert und sah, wie mit einem riesigen Krach der Container samt dem teuren Inhalt ins Meer gezogen wurde. Matthison krallte sich mit aller Macht an der Reling fest. Der Kapitän hatte gegen den Brecher gelenkt und das Schiff neigte sich nun in die andere Richtung. Danach hörten die Wellen auf. Auch der Sturm legte sich plötzlich, als hätte jemand per Knopfdruck abgeschaltet. Das Schiff schaukelte sanft auf dem dunklen Wasser, das wie Tinte aussah.

Später, als der Kapitän den Verlust feststellte, brüllte er durch das ganze Schiff und schimpfte mit jedem Mann, den Container nicht besser befestigt gehabt zu haben. Matthison fand allerdings, dass es besser gewesen wäre, den Container nicht richtig zu befestigen, denn dann wären sie alle irgendwo mit ihm zusammen auf dem Meeresboden versunken. Alle anderen der Mannschaft waren sauer und betroffen, außer Matthison, und wie er feststellte, war auch Herr von Z. recht ruhig und mit dem Geschehen irgendwie auch sehr zufrieden. Da ahnte Matthison, dass dieser Mann etwas mit dem Sinken des Containers zu tun hatte.

Von diesem Tag an war ihm Herr von Z. suspekt, aber er behielt seine Beobachtungen für sich. Er erzählte weder dem Kapitän noch jemand anderem von seinen Gedanken. Denn, wenn jemand etwas mitbekommen sollte von Herrn Z. und seinen dunklen Machenschaften, dann würde dieser einen erneuten

Sturm aufkommen lassen. Dieses Mal würde er nicht aufgeben, ohne jeden vom Schiff geworfen zu haben. „Dazu ist dieser Kerl bestimmt in der Lage", stellte Matthison für sich fest. Es waren schwarze Mächte mit im Spiel, und er musste sich unauffällig verhalten. Daher sollte es auf dem Schiff keine Unruhe geben. Er wollte nur sicher am Festland ankommen und dieses verfluchte Schiff ein für alle Mal verlassen. Matthison schwor, mit diesem Mann nie wieder etwas zu tun haben zu wollen.

Er hatte eine unerklärliche Angst entwickelt und ließ Herrn von Z. nicht mehr aus den Augen. Denn er dachte, er hätte eine bessere Überlebenschance, wenn er ihn genau beobachtete, wenn er imstande wäre, seine Gedankengänge nachvollzuziehen, um seine Handlungen voraussagen zu können. So bemerkte er, dass Herr von Z. sich immer mehr zurückzog. Er erschien nicht mal mehr zu den gemeinsamen Mahlzeiten und ließ über Olafson ausrichten, er sei krank. Matthison glaubte ihm nicht. Er war davon überzeugt, Herr von Z. würde sich etwas Neues einfallen lassen. Matthison wollte nicht so leicht aufgeben. Er musste etwas gegen diesen kleinen Magier unternehmen. Er beobachtete nun genau, was Herr von Z. in der Kabine machte, die sie sich ja zu dritt teilten.

Er sah, dass er viel schlief und wenig aß. „Ich werde dich einfach ins Meer werfen, wo du hingehörst", sagte er zu sich und plante seine Tat. Er wusste, dass der Kapitän inzwischen Schlaftabletten nahm, um seinem ausgelaugten Körper etwas Ruhe zu gönnen. Matthison musste nur einige von diesen Pillen entwenden und sie Herrn von Z. geben.

Er schlich in die Kajüte vom Kapitän und nahm sich zwei Tabletten. Diese mischte er dann in die Mahlzeit, welches Olafson am Abend Herrn von Z. in die Kajüte brachte, um mit ihm gemeinsam zu essen. Matthison ergriff die Chance und als Olafson ebenfalls fest schlief, trug er Herrn von Z. aus der Kajüte und schmiss ihn über Bord. Er war nun gerettet, dachte er.

꒒ERR VON Z.

Herr von Z. hatte lange überlegt, wohin er sich hinträumen sollte, in welche Ewigkeit er seine Gedanken einsperren musste, sodass sie nie ohne sein Wissen und Tun abdriften würden. Er würde sie bündeln und gezielt in hoher Konzentration einsetzen wie ein Laserstrahl, um die Menschen zu lenken. Nur so würde seine Weltherrschaft funktionieren.

Er besuchte viele verschiedene Orte, in die er sich hineingeträumt hatte, und von denen er überzeugt war, dass dort seine Gedanken nicht ausbrechen würden und wo er ohne gestört zu werden seine Allmacht vorantreiben könnte. Es war jedoch schwer, die ganze Zeit, über Tage, Wochen, Monate und sogar Jahre hinweg, konzentriert zu arbeiten. Er schaffte es ganz gut über eine Woche, aber dann entwich ihm unkontrolliert viel an Gedankengut. Erst merkte er nichts davon. Er bekam nicht mit, wie einzelne Stränge ganz woanders waren, beim Gesang der Vögel im Frühjahr etwa, beim Duft von Äpfeln im Spätwinter oder beim Wehen von Frauenhaaren im Wind. So fing es an, ganz beiläufig mit einem dieser harmlosen

Bilder, mit Gerüchen oder Geräuschen und wie er dann selbst merkte auch damit, dass seine Konzentration von dem verschwand, worauf sie gerichtet war, hin zu diesen flüchtigen Momenten. Und irgendwann war dann seine ganze Aufmerksamkeit an diesen Orten versammelt. Da war er dann inmitten eines Laubwaldes im Frühjahr, in dem die Vögel sangen, oder in der Speisekammer der Medresse, in der die Äpfel in den kalten Wintermonaten so betörend dufteten, oder aber bei den Frauen, die mit den Kindern auf ihren Rücken auf ihre Felder unterwegs waren und deren einzelne Haare sich aus ihren strengen Kopfbedeckungen gelöst hatten, sodass sie im Wind wehten.

Wenn Herr von Z. erst einmal seine Aufmerksamkeit verloren hatte, war es sehr schwierig, sie wieder zurückzubringen auf das, was er bewusst wollte. Es dauerte Tage und manchmal sogar Wochen, bis er sie zusammengebündelt hatte. Er zog dabei jeden einzelnen Gedanken ab: von den Weizenfeldern, die sich im Wind hin- und herbogen, wie die Wellen auf dem ruhigen Meer; von den grünen und im vollen Saft blühenden Berghängen; vom stetigen Regen auf dem Blechdach; vom vollen Mond in der schwarzen Nacht. All das durfte nicht sein; von all diesen Bildern musste er sich entsagen. „Wo konnte das sonst besser möglich sein als im Gefängnis? In einem Gefängnis wird einem die Freiheit genommen", dachte Herr von Z., genau dort müsste er sich hinträumen, um seine Gedanken ebenfalls einsperren zu können.

Denn dort war man automatisch gefangen, war auf das Tun anderer angewiesen. Alle körperlichen

Bedürfnisse mussten einem vorgegebenen Rhythmus folgen. Es wurde gegessen, wenn das Essen da war. Auch wenn man vorher Hunger hatte, hatte man nicht die Möglichkeit, etwas zu sich zu nehmen. In einem Gefängnis war alles geregelt und bestimmt, nur nicht von dem Insassen selbst. So beschloss er, sich in eine Gefängniszelle zu träumen, in dem er drei Mal am Tag etwas zu Essen bekam und ansonsten völlig isoliert und allein war. Von dort aus wollte er ungestört seine Übungen machen, so lange, bis er das für immer beherrschte.

Die Zeit am Anfang war genauso, wie er sich das gewünscht hatte. Er war allein und auch all seine Gedanken schienen in dieser Zelle versammelt zu sein, so kam er gut mit seinen Übungen voran. Er konnte ohne große Schwierigkeiten seine Gedanken bündeln und an Menschen Befehle erteilen. Dazu musste er diese Menschen nicht persönlich kennen. Er hatte bereits viele von ihnen getroffen und über diese trat er auch an andere heran und konnte so über sie und über deren Umgebung seine Macht ausüben. Er bekam eine Ahnung, was die Menschen in ihrem Leben vorhatten. Auf diesem Wege hatte Herr von Z. von den Plänen des Kapitäns mitbekommen, den Schatz im südchinesischen Meer ein zweites Mal ausgraben zu wollen. Er hatte die Schriftrolle gefunden und wieder verloren und musste nun mit den Zeichen auskommen, die er bereits besaß. Deshalb musste er unbedingt verhindern, dass andere diese magische Schriftrolle fanden und womöglich ihm und seiner Macht streitig machten. Von diesem Gefängnis aus sendete er konzentrierte Befehle an die Leute, die sich auf den Weg machten. Folglich schickte er auch Hubis Vater auf die Reise.

Am Anfang funktionierte es noch gut, mit der Zeit bekam er aber Schwierigkeiten, diese hohe Konzentration beizubehalten. Seine Gedanken schweiften ab, weit aus der Zelle hinaus. Immer wenn das geschah, war es ihm nicht möglich, den Menschen seinen Willen aufzuzwingen, zumindest nicht vollständig. Es musste in einem dieser Momente passiert sein, als er auf der Pritsche im Gefängnis träumte und an Istar dachte, auf dem Rücken liegend und an der Decke den abgeblätterten Putz anschauend, um ihr Tun zu beeinflussen. In diesem Augenblick war es passiert. Eine Fliege flog einfach ins Bild vor seine Augen. Und da reichte diese kleine Stubenfliege, um seine Aufmerksamkeit auf sich zu ziehen.

Erst nur unbewusst, vielleicht das Summen oder die Bewegung der Flügelschläge ahnend, doch etwas später war die Fliege sehr präsent, wurde lauter und beherrschte seine ganze Wahrnehmung. Er musste nun ihre Flugbahnen vorausberechnen, die Richtung, in welche sie abrupt abbiegen würde, wollte er voraussagen. Da es die Fliege aber nicht wirklich gab, er sie ja nicht mal träumte, war all das nicht möglich. Die Fliege war das Produkt seiner Gedankenabschweifungen an früher erlebte Augenblicke. Er war nun ganz abgekommen von den Geschehnissen bei Istar. Er hatte sie vergessen und konnte sie für diesen Augenblick nicht kontrollieren, während Istar sich am Küchentisch mit Hubis Mutter unterhielt.

Die schwarze Stubenfliege hatte ihm in der erträumten Gefängniszelle keine Ruhe gegeben. Von diesem Tag an waren seine Gedanken häufig bei ihr, immer und immer wieder. Abschweifend dachte er daran, wie er an einem kalten Bach seine Füße gekühlt hatte. Dann besann er sich und träumte sich rasch in seine Gefängniszelle zurück. Das gelang in der Tat auch ganz gut, nur blieb eine Fliege. Wie kam diese Fliege nur dahin? War sie bereits am kalten Bach unbewusst bei ihm gewesen, die dann ins Bewusstsein gelang, als er den Bach und alles, was damit zu tun haben schien, ausgeblendet hatte? Blieb dann diese Fliege übrig, die im Bild des kalten Baches zwar unauffällig gewesen war, aber in dem Gefängnis umso deutlicher in Erscheinung trat?

Diese Sache mit der Fliege war vermutlich der Anfang vom Ende seiner Zeit in der erträumten Gefängniszelle, zumindest hatte Herr von Z. das so wahrgenommen. Später wiederholten sich solche Störmomente, und er entschied, dass ein Gefängnis doch nicht der richtige Ort sei, seine Gedanken einzusperren. Da erinnerte er sich an den Bach und wie beruhigend diese Umgebung auf ihn gewirkt hatte. Der Bach war aber laut, es gab dort viele Geräusche, die wie Musik auf ihn wirkten und ihn sofort vereinnahmten. Dieses Mal nicht mit Bildern, sondern mit einem leichten Flattern im Herzen. Eine positive Unruhe ergriff ihn, und er hatte das Gefühl, pfeifen zu müssen. Er merkte, wie schwer er es hier am Bach haben würde, sich auf seine Sache zu konzentrieren, auf die Personen, um sie für seine Zwecke zu lenken, sein Weltbild ein für alle Mal bei ihnen einzuprägen. Alles sollte so funktionieren, wie er es für richtig hielt. Gut und Böse sollten sich kenntlich machen, für jeden besser bemerkbar sein. Das alles wollte er beeinflussen, doch an diesem fließenden Gewässer war das unmöglich, weil diese melodische Geräuschtapete ihn zu sehr von seinem Ziel ablenken würde.

Herr von Z. suchte weiter und fand sich an einem See wieder, der ganz ruhig war, und insbesondere am Abend, bevor die Zeit zur Nacht überging, herrschte dort eine Stille, die er für sich brauchte. Hier waren seine Gedanken frei, und weil sie so frei waren, hatten sie nicht das Gefühl, ausbrechen zu müssen. So lag der Herr von Z. am Ufer des ruhigen Sees in einem grünlich gefärbten Abendlicht und versuchte, aus seinen Träumen die Welt der Wachen zu beeinflussen. Hier gab es keine äußeren Einflüsse, die ihn unbewusst ergriffen wie zuvor.

 DIE MATROSEN

Die Matrosen aßen die Früchte, die der Bemalte mitgebracht hatte. Sie stopften sie in sich hinein, so hungrig waren sie. Der Zierliche rieb sich schon sehr bald die Augen. Der Bärtige fing ebenfalls an, sich über die Augen zu wischen, so als hätte er etwas gesehen, das nicht dort sein dürfte; als würde er seinen Augen nicht trauen. Der Bemalte hingegen wurde heiter, sprang auf und machte einen Freudentanz. Die Minuten vergingen und die Männer wurden merkwürdiger. Plötzlich sprach der Bemalte mit Leuten, die nicht wirklich da waren. Auch die anderen fingen an, sich mit diesen imaginären Figuren zu unterhalten. Sie lachten miteinander und sie stritten sich. Dann einigten sie sich rasch und aßen weitere Früchte.

Sie mussten nun los. Sie waren sich einig, dass sie diesen Magier finden sollten. Sie standen auf und klopften den Staub vom Körper ab. Der Dschungel wurde hier lichter. Das Licht begann abzunehmen. Die Landschaft verlor ihre Tiefe. Alles war wie auf einem Blatt gezeichnet. Die Dimensionen der Pflanzen zueinander lösten sich auf. Die Bäume in der Ferne wurden nicht größer, wenn sich die Männer ihnen näherten, noch warfen sie Schatten in dem dunklen, grünen Licht.

Die Männer hatten das Gefühl über ihre Körper verloren. Auch wenn sie darüber sprechen wollten, konnte keiner von ihnen einen einzigen Ton herausbringen. Der Bärtige wollte lachen. Er fühlte sich frei von all seinen Ängsten, die im Hintergrund stets aktiv waren. Er lief neben den anderen als wären diese ihm fremd und zugleich sehr bekannt. Er lachte laut und pfiff ein Lied, doch hörte er es selber nicht. In diesem Bild war er gebannt: er lief mit den anderen in einer schlammgrünen Umgebung, in der sich alle Farben in sich auflösten und es keinerlei Tiefe gab, wie bei einem fünfjährigen Kind, das ganz im Hier und Jetzt lebt, als habe es Gestern nie gegeben und Morgen nie kommen würde, als hätte eben dieses Jetzt Gestern und Morgen verschluckt, sodass beide in ihm gefangen waren. Sie liefen in einer Richtung völlig frei von Zwängen des Müssens und Sollens, und ohne die Angst etwas verpassen zu können, vor allem aber ohne große Eile. Sie bewegten sich, doch das Bild vor ihnen blieb gleich. Die Bäume kamen ihnen nicht näher, der See, auf den sie zugingen, wurde nicht größer.

MATTHISON

Am Tag danach, als Matthison Herrn von Z. ins Wasser geworfen hatte, meldete er dessen Verschwinden, so als wüsste er von nichts. Er nickte mit dem Kopf und bestätigte die Aussage von Olafson, der in einen tiefen Schlaf versunken war und sich an nichts erinnern konnte. Matthison sagte, ihm ginge es ebenfalls so, und da die drei sich eine Kajüte teilten, zweifelte keiner an seiner Aussage. Dem Kapitän war es jedoch ein Rätsel, warum und wie Herr von Z. einfach so verschwunden war.

Es gab viele Gerüchte an Bord, von denen eines später zur Wahrheit wurde: Herr von Z. wäre in der Nacht von Bord gegangen und von einem fremden Schiff, das auf seine Anweisung hin immer in der Nähe war, aufgenommen worden. Mit diesem Schiff wäre er zurückgefahren und hätte den verschollenen Container geholt. Dieses Gerücht war sehr beliebt und jeder erzählte von sich aus noch ein Detail dazu und verdichtete den Inhalt so sehr, dass sogar am Ende Matthison daran glaubte. Es gab schließlich genügend Anzeichen dafür. Herr von Z. war schon immer sonderbar gewesen und er steckte mit den bösen Mächten unter einer Decke.

„Der Sturm", sagte Matthison bei einem Abendessen kurz nach dem Verschwinden, „der war ganz allein sein Werk. Habt ihr es nicht mitbekommen, wie sich plötzlich das Meer geglättet hat, nachdem es den Container verschluckt hatte? Kameraden, ich sage euch, das war kein Zufall. Wir können alle von Glück sagen, dass wir noch am Leben sind." Er fuhr fort, was er in dieser Sturmnacht beobachtet hatte. Alle hörten sie ihm gebannt zu. Es kamen Anzeichen zur Aussprache, die man schon früher bemerkt hatte, nur, dass sie nicht richtig gedeutet werden konnten. Aber, mit den Einzelteilen des Puzzles machte nun alles einen Sinn, und sie alle waren das Opfer dieses Hallunken, der sie fast umgebracht hatte.

Kapitän Mikka war ein besonnener Mann, doch auch er fand keine bessere Erklärung und war am Ende völlig davon überzeugt, dass Herr von Z. der Schuldige war. Er selbst war es gewesen, der die Befestigung des Containers überprüfte. Er hatte gesehen, wie jemand die Halterung des Containers gelockert hatte. Nur so konnte dieser vom Schiff ins Meer gefallen sein. Das konnte nur der Herr von Z. gewesen sein. Das musste der Teil eines Komplotts sein; ein Plan, der zuvor genauestens erstellt worden war.

Matthison war selbst davon überrascht, wie etwas, was tatsächlich nicht so passiert war, für ihn mehr Wahrheit enthielt als das tatsächliche Geschehen. Er hatte zwar Herrn von Z. ins Wasser geschmissen, aber das hieß noch lange nicht, dass das andere weniger wahr war. Mit der Zeit änderte sich die Geschichte auch in seinem Kopf. Er glaubte selbst auch an die Version, wie er nachts mit Olafson in der Kajüte schlief, in der Annahme, Herr von Z. würde ebenfalls schlafen. Doch am nächsten Morgen war er verschwunden. Matthison machte sich nicht viele Gedanken über ihn. Olafson war jedoch sehr aufgebracht, und sie suchten gemeinsam nach ihm. Das war womöglich der Punkt, an dem für Matthison die Grenzen fließend wurden zwischen dem, was tatsächlich geschehen war und dem, was erzählt wurde. Es wurde Matthison für immer unmöglich, die Wahrheit von der Unwahrheit zu unterscheiden.

Nach dieser unglücklichen und fast tödlichen Abenteuerreise kamen sie zurück nach Amsterdam. Matthison trennte sich von Olafson, der das Verschwinden von Herrn von Z. nicht verkraftet hatte. Olafson konnte als einziger von der Geschichte nicht überzeugt werden, Herr von Z. habe das Unwetter herbeigerufen und für das Versinken des Containers gesorgt, um später mit einem fremden Schiff den Container wieder zu bergen. Für Olafson war das nicht glaubhaft, auch wenn alle Beweise dafürsprachen und alle ihn für verrückt hielten, insbesondere Matthison. Dieser konnte sich nicht vorstellen, wie sich Olafson dagegen wehrte. Er konnte nicht verstehen, wie ein Mensch sich gegen so viel Gerede, Meinung und Indizien stemmte und alles für nichtig erklärte. Für Matthison war Olafson ein hoffnungsloser Fall, der nichts verstanden hatte und auch nichts verstehen wollte. Sie stritten sich, und Olafson, der sich nicht mehr zurechtfand in der Welt der Seeleute, zog sich auf ein Stückchen Land in seinem Dorf zurück.

Matthison blieb der See treu und ebenso Kapitän Mikka, auf dessen Schiffen er anheuerte. Er ahnte, der Schatz würde Mikka nicht loslassen. So war es auch. Matthison beobachtete den Kapitän, wie er wieder Geld sparte, um nochmal diese Reise machen zu können. Er bemerkte ebenfalls, wie der Kapitän herum hörte, ob jemand einen Schatz aus dem Meer geholt hätte. Und mit jedem Tag, an dem keine Nachricht kam von dem gefundenen Container voller chinesischer Schätze, war der Kapitän guter Hoffnung.

Matthison blieb beim Kapitän, weil er es genau wusste: der Schatz war da, mitten im Ozean und keiner hatte ihn von dort weggenommen. Er wollte es dem Kapitän sagen, nur hatte er die Befürchtung, dieser würde ihm nicht glauben. So hoffte er, der Kapitän möge das Geld für eine weitere Suchaktion zusammentragen.

KAPITÄN MIKKA

Die Tatsache, den Schatz verloren zu haben, hatte Kapitän Mikka fast krank gemacht. Wie konnte er so viel Geld ausgeben und den Schatz dann verlieren? „Dieser Herr von Z. ist ein mieser Kerl", schimpfte er. Erst bei ihm anheuern und dann den ganzen Schatz rauben. Er fühlte sich von dem Gedanken verfolgt, was er hätte alles tun können, um den Verlust des Containers zu verhindern. Es war bitter, denn sein Leben lang hatte er von so einem Fund geträumt. Jahrelang hatte er das chinesische Meer studiert, wie und auf welchen Routen die Dschunken Waren transportiert hatten. Er kannte die Straße der Schiffe, wann und wo es heftige Stürme gegeben hatte, die sie zum Sinken gebracht hatten. Seine Freunde dachten, er würde spinnen mit seinen Behauptungen, eines Tages so eine Dschunke holen zu wollen. Sie sagten alle: „Der Mikka, der erzählt uns wieder einen vom Pferd" und winkten ab, wenn er mit seinen Berechnungen ankam. Aber er hatte es tatsächlich geschafft. Wie gerne hätte er seinen Zweiflern den Container gezeigt. Nun kehrte er mit leeren Händen zurück.

Seine Mannschaft war auseinandergegangen. Der Sturm hatte allen einen gehörigen Schrecken eingejagt, so dass keiner mit ihm zusammen auf ein Schiff gehen wollte, bis auf Matthison. Den Verlust seiner Besatzung bedauerte er sehr. Er hatte sie nicht mal richtig auszahlen können und gab ihnen Schuldscheine. Kapitän Mikka war ein ehrbarer Mann, der irgendwann seine Schulden begleichen würde. Am letzten Abend kurz vor dem Hafen von Rotterdam hielt er eine bewegende Rede. „Männer", sprach er, „wir haben sehr viel zusammen durchgemacht. Doch haben wir nicht das Böse unter uns sehen können. Es war mitten unter uns und hat unsere Gutmütigkeit für seine Zwecke ausgenutzt. Herr von Z. hat den Schatz nicht mit uns teilen wollen, weil er für andere gearbeitet hat. Es war ein ausgeklügelter Plan, ein besonders perfider, der uns alle mit leeren Händen dastehen lässt. Ich hätte euch gerne die Anteile ausgezahlt, nun aber bin ich gezwungen, euch nur Schuldscheine auszuhändigen."

Insgeheim hatte er Olafson verdächtigt, weil dieser sich vehement geweigert hatte, Herrn von Z. des Diebstahls zu beschuldigen. „Olafson macht es mit Absicht", vermutete Mikka, „weil er mit dem von Z. unter eine Decke steckt." Als Olafson dann seinen Rücktritt kundtat, da fühlte er sich in seinem Misstrauen bestätigt. „Das ist also der Plan. Sich zurückzuziehen und das Geld in aller Ruhe auszugeben." Das bestärkte noch mehr seine Annahme, der Schatz würde bei einer Auktion auftauchen.

Immer wenn in ihm Verzweiflung und Wut hochkochte, versuchte er sich zu beruhigen. „Ich stehe nicht mit leeren Händen da, denn ich habe die Aufzeichnungen der Ware und das ist ein Beweis dafür, dass ich den Schatz gefunden habe! Ich, ich zuerst! Der Schatz ist meiner!" Er hatte einen Wahn entwickelt und überprüfte nahezu täglich die Nachrichten über sämtliche Auktionen. So wollte er den Besitzer des Diebstahls beschuldigen. Der Schatz gehörte ihm, denn er hatte ihn gefunden und auch bereits katalogisiert. Seine Aufzeichnungen würden ihn dazu berechtigen, der wahre Entdecker des Schatzes zu sein. Das Ganze war sein Plan, und er malte sich den Tag aus, an dem er die Nachricht von der Auktion lesen und sofort seinen Anwalt informieren würde.

Aber dieser Tag kam nicht. Kapitän Mikka wusste dann nicht, was besser war, ob er sich nun freuen sollte oder nicht. Hätte ein anderer den Schatz in die Auktion gestellt, so hätte er prozessieren müssen. Es hätte lange gedauert, bis alle Beweise angeführt worden wären. Er müsste beweisen, dass das andere Schiff vorsätzlich gehandelt und den Container gestohlen hätte. Er müsste nachweisen, dass Herr von Z. alles eingefädelt hatte. Denn jeder hat die Möglichkeit, Schätze aus dem offenen Meer herauszuholen. Er müsste eben dann Hinweise sammeln, z. B. er müsste sich die Namen der Mannschaft des Schiffes anschauen und überprüfen, ob einer der Männer auch bei ihm gewesen war. So hätte er darlegen können, dass die Koordinaten von ihm stammten und dass sie von jemandem gestohlen und weitergegeben wurden, der womöglich mit Herrn von Z. unter einer Decke gesteckt hatte.

Als die Zeit verstrich und der Schatz dann bei keiner Auktion angeboten wurde, wunderte er sich. Was war denn tatsächlich geschehen? Was hatte dieser kleine Mann denn vorgehabt? Warum war er plötzlich vom Schiff verschwunden? Lag der Schatz womöglich noch da? Wenn Herr von Z. den Container nicht geholt hatte, dann würde er daliegen, wo ihn der Sturm vom Schiff geschleudert hatte. „Ich werde ihn ein zweites Mal bergen, denn er gehört mir", beschloss Kapitän Mikka.

Er fing an, erneut eine Fahrt ins Südchinesische Meer zu organisieren.

KAPITÄN MIKKA

Nach dem Sturm hatte die Mannschaft den Kapitän zwar wie einen Helden gefeiert, der das Schiff gut gelenkt und ihnen das Leben gerettet hatte, doch mit der Zeit verflüchtigte sich diese Euphorie. Jeder von ihnen hatte sich Gedanken gemacht, und als Herr von Z. mit dem erbeuteten Container nicht aufgetaucht war, wurden neue Vermutungen geäußert. Die Menschen hörten nicht auf, immer und immer wieder über ein Ereignis nachzudenken. Je mehr Zeit verging, desto mehr entfernten sie sich vom eigentlichen Vorgang und waren in der Lage, andere Bereiche zu sehen. Es schien so, als hätten die Männer auf dem Schiff mit dem zeitlichen Abstand zum Abend des Sturms das Geschehene ganzheitlicher gesehen. Und wer war inmitten dieses Bildes? Wer hatte alle Zügel in der Hand gehabt? Kein anderer außer ihnen hatte Zugang zu den Unterlagen und auch kein anderer von ihnen hatte den Wetterbericht gesehen. Was, wenn der Kapitän das Schiff bewusst in den Sturm geführt hatte, um eben den Container genau dort zu verlieren? Oder, und das erschien der Männern noch glaubwürdiger, der Kapitän wäre von schwarzen Mächten besessen.

Dieses Gerücht verbreitete sich abermals sehr schnell und löste somit die andere Unwahrheit ab. Keiner wollte mehr mit dem Kapitän zusammen auf ein Schiff gehen. Kapitän Mikka bekam das mit, und er wusste, für eine erneute Reise ins chinesische Meer würde er eine neue Mannschaft brauchen. Das war ihm auch ganz recht. Es hatte auch Vorteile, wenn er eine ganz neue Besatzung hatte. Die alte war bereits belastet, und bei der kleinsten Unstimmigkeit würden die Seeleute Lügen verbreiten, würden zu der ersten Fahrt Parallelen ziehen und somit schlechte Stimmung verbreiten.

Er suchte seine neue Truppe auf der ganzen Welt zusammen. Es hatte Vorteile, wenn sie sich vorher nicht kannten. Er sprach in jedem Hafen einen Mann an, der ihn von der Statur und vom Gemüt her gefiel. Als er in Odessa war, sah er Hubis Vater dort die Kaimauer streichen. Ari war sehr in seiner Arbeit vertieft und zog den Malerpinsel mit der gleichen Genauigkeit wie ein Kalligrafie-Künstler seine Feder. Mikka war fasziniert von diesem Mann, der einer inneren Musik gehorchend seine Arbeit verrichtete. Es schien so, als würde er mit seinem dicken Pinsel die Wand nicht nur in Weiß streichen, sondern als hätte er das Bunte des Regenbogens an den Borsten kleben und zog in langen Bahnen die imaginären Farben behutsam an der Mauer entlang.

Jemand, der etwas vom Malen verstand, hätte schnell gemerkt, dass Ari kein erfahrener Fassadenmaler war. Seine Bahnen würden ungleich trocknen und später als Streifen sichtbar werden. Kapitän Mikka wusste das jedoch nicht. Die Konzentration, mit der Ari seine Handgriffe verrichtete, faszinierte ihn. Auch wenn Ari kein erfahrener Seemann war, beschloss Mikka, ihn anzusprechen.

So kam es, dass Hubis Vater auf die zweite Schatzsuche von Kapitän Mikka mitgenommen wurde. Matthison war inzwischen ein guter Geselle des Kapitäns geworden. Sie blieben zusammen, auch wenn Mikka nicht so richtig verstand, warum das so war. Wie konnte es sein, dass Matthison sich ganz anders benahm als alle anderen Männer? Es hatte aber auch etwas Tröstliches, wenn ein alter Weggefährte mit dabei war. Gut möglich, dass es genau dieses Gefühl war, warum Matthison bei ihm blieb. Denn nachdem Olafson sich auf sein Dorf zurückgezogen hatte und der große Herr von Z. plötzlich verschwunden war, brauchte Matthison eine neue Beständigkeit im Leben. Kapitän Mikka glaubte, Matthison brauchte gerade ihn, weil seine beiden anderen Kumpel weggegangen waren.

MATTHISON

Matthison mochte diese zweite Fahrt nicht besonders. Die Belegschaft auf dem Schiff war nicht gut zusammengewachsen, nicht einmal eine gemeinsame Sprache hatten sie. Zuweilen herrschten babylonische Verhältnisse. Jeder sprach anders. Es waren unterschiedlichste Menschentypen mit den unterschiedlichsten Gepflogenheiten. Matthison hatte bisweilen große Angst, denn manche von ihnen sahen wie kaltblütige Mörder aus. Wie schön und unbeschwert war die erste Reise gewesen, als sie sich zu dritt eine Kajüte teilten, als sich der Kapitän noch Mühe gab, den Männern einigermaßen zivilisierte Sitten beizubringen. Hier schien ihm jedoch alles egal zu sein. Das Schiff wurde nicht gebührend geputzt, die Mannschaft von ungefähr einem Dutzend Männern fluchte und schimpfte, zumindest deutete es Matthison so, denn es hörte sich so grob an.

Sie erreichten nach einer langen Reise das Südchinesische Meer, wo der Schatz vor Jahren verloren gegangen war. Kapitän Mikka hatte nicht viel in Suchgeräte investiert wie bei der ersten Fahrt, sondern eher in starke Zugmaschinen und Seile, die den Container vom Meeresboden heraufholen sollten. Als sie die Koordinaten erreicht hatten, ließ er die Motoren stoppen. Jetzt mussten sie den Meeresboden mit Geräten absuchen. Dazu hatte er drei professionelle Taucher dabei, die bei der sowjetischen Marine ihr Handwerk gelernt hatten. Diese drei Männer nahmen die Gerätschaften mit und tauchten immer wieder. Trotz der Koordinaten dauerte es noch ein paar Tage, bis sie den Container gefunden hatten.

Es wurde ein starkes Stahlseil nach unten gelassen, an dem der Container befestigt und mit tosendem Motorenlärm nach oben gezogen wurde. Der Kapitän wollte ein weiteres Abrutschen vom Schiff unbedingt vermeiden und ließ seinen Schatz direkt ins Innere des Schiffes verladen. Er hatte das Schiff vorher schon für diesen Zweck umbauen lassen.

Die Arbeit war erledigt. Nun galt es, die Ware sicher zurück nach Europa zu bringen, um sie dort zu verkaufen. Kapitän Mikka schien zufrieden zu sein und ließ sich selten blicken. Matthison fiel dieses Verhalten des Kapitäns auf und er konnte sich das nicht erklären. Er kannte ihn sehr gut. Früher, bei der ersten Schatzsuche, war er stets bei den Männern und recht gesellig gewesen. Er half ihnen wie ein Vater mit Rat und Tat, schimpfte auch, wenn sie sich prügelten. Auch auf der Hinreise zum Container hatte er von Zeit zu Zeit seiner Vaterallüren an den Tag gelegt, die er mit einem Mal abgestellt zu haben schien, seitdem der Container sicher im Bauch des Schiffes verstaut worden war. Nun hatte er sich zurückgezogen, schlief viel und auch seine Mahlzeiten nahm er in seiner Kajüte ein und mied förmlich die anderen.

Matthison wäre das egal gewesen, wenn er selbst nicht von Kapitän Mikka abgestoßen worden wäre. Er verstand sich als ein Freund, der ihn seit dem ersten Fund des Schatzes begleitet hatte und auch sonst bei jedem seiner Schiffe, die er befähigte, dabei gewesen war. Warum hätte er sich jetzt von ihm distanzieren wollen? Er hatte keinen triftigen Grund, außer, es hatte etwas mit dem Schatz zu tun. „Der Kapitän hat wohl einen Plan, den er uns nicht preisgeben möchte", vermutete er.

Er grübelte lange. Auch aus der Besatzung drangen Laute des Unmuts. Sie langweilten sich, weil sie keine richtigen Aufgaben hatten. Sie tuschelten miteinander. Matthison wurde nervös, denn die starken Taucher vom Militär schienen ziemlich klug zu sein. Sie sammelten bereits Verbündete um sich, die eine Gruppe bildeten. Matthison machte noch ein paar Versuche, sich beim Kapitän anzumelden, doch dieser reagierte nicht. Er signalisierte ihm, dass er nichts Besonderes für ihn sei, nicht der Freund, wie Matthison glaubte, sondern nur ein Gehilfe, wie der Rest auf dem Schiff.

Die Männer mit der militärischen Ausbildung hatten nun schon einen Großteil der Besatzung auf ihrer Seite. Es kursierten Gerüchte, Kapitän Mikka hätte einen geheimen Plan, den keiner außer ihm kannte. Matthison war der Einzige, der mit dem Kapitän gut vertraut war, aber war ihm vielleicht etwas entgangen? Nach längerer Überlegung war auch ihm klar, dass etwas Wahres an diesen Gerüchten dran sei, denn der Kapitän verhielt sich ihnen gegenüber einfach seltsam. Ihm schienen die Männer ganz egal zu sein.

Matthison begann, sich mit den Tauchern zu unterhalten und erzählte ihnen, was bei der ersten Fahrt alles passiert war. Diese fanden, dass Kapitän Mikka sich schon bei der ersten Reise seltsam verhalten hatte. Am Ende kamen sie zu dem Schluss, dass der Kapitän die alleinige Schuld an diesem Unglück gehabt hätte. Er selbst musste dafür gesorgt haben, dass der Container verlorenging und nicht wie irrtümlich angenommen, der Herr von Z.

„Er hat diesen Mann umgebracht", sagte einer dieser Männer, der sich später als Anführer der Meuterer hervortat.

„Dieser Herr von Z. hatte ihn vermutlich erwischt, und bevor es dem Kapitän an den Kragen ging, hat er den Mann über Bord geworfen. Und euch dann diese Lüge aufgetischt." Das machte Sinn. Die Männer nickten zustimmend. Auch Matthison glaubte, dass diese Geschichte durchaus wahr sein könnte. Es war alleine der Kapitän, der alles gut durchdacht hatte. Nur musste Herr von Z. ihm in die Quere gekommen sein.

Von dem Tag an erzählte er alles, was er über den Kapitän wusste. Er gab ausführliche Auskunft über seine Launen, über seine Besessenheit. Irgendwann ließ er den Satz fallen, ob er nicht nach wie vor eine Agenda hatte, die er verfolgte. Warum sonst sollte er sich verstecken, wenn er nichts zu verbergen hätte? Die Männer vom Militär nickten zustimmend. Der Kapitän würde den Schatz für sich behalten wollen. Vermutlich war sein Plan, die Männer ebenfalls umzubringen oder auf einer Insel auszusetzen, um so den Schatz nur für sich zu behalten.

So fingen sie an, einen Gegenplan zu schmieden. Sie formierten sich und hatten den Steuermann für sich gewinnen können. „Wer den ersten Schlag wagt, der gewinnt", sagte deren Führer. Es sollte ein Überraschungsangriff werden. Die Idee der Meuterei war binnen weniger Stunden entwickelt. Sie hatten den Steuermann dabei und konnten also auf den Kapitän gut verzichten. Sie trommelten die gesamte Mannschaft zusammen und ließen abstimmen, wer dabei sein wollte. Bis auf fünf Männer erklärten sich alle bereit, zu meutern. Zusammen gingen sie zum Kapitän und zerrten ihn aus seiner Kajüte, ohne dass er Zeit gehabt hätte zu reagieren, und setzten ihn mit den fünf Männern in das Beiboot, das sie schon vorbereitet hatten.

Matthison war erleichtert, eine weitere Gefahr überwunden zu haben.

 MATTHISON

Es war ein schöner Tag. Sechs Tage nachdem sie den Kapitän ausgesetzt hatten, fuhr das Schiff in eine andere Richtung. Sie steuerten im Pazifik östlich in Richtung Mexiko. Denn eine Meuterei war eine Straftat, daher mussten sie sich ein Land aussuchen, in dem sie mit Hilfe des Geldes gut untertauchen konnten, zumindest so lange, bis sie sich irgendwann eine neue Identität hätten machen lassen. Es war nichts Besonderes passiert, auch das Wetter schien das Glück der Meuterer zu unterstützen.

Doch dann färbte sich am helllichten Tag der Himmel schwarz. Das Meer bäumte sich zu einem Berg vor ihnen auf. Hohe Wellen zwangen das Schiff, sich vor ihnen zu neigen und so schaukelte es mal nach links und mal rechts. Wasser drang über das Deck in das Schiff ein. Matthison packte die Angst. Jetzt war sie wiedergekommen, die Gewalt, die den Container zu sich holen wollte. Es blieb ihm aber nicht genügend Zeit zum Bedauern, denn er war damit beschäftigt, Halt zu finden, um nicht hin- und hergewirbelt zu werden wie ein nasser, zappelnder Hering.

Es dauerte nicht lange und das Schiff brach entzwei. Der Steuermann hatte nicht die Erfahrung eines Kapitäns Mikka, um mit den Wellen zu reiten, so war das ein kurzes Intermezzo; und ohne dass Matthison jemals richtig verstanden hatte, wie das alles genau passierte, sank das Schiff und er wurde hinausgeschleudert.

Bewusstlos trieb er auf dem Wasser. Seine Hände krallten sich in ein Stück Schiffsbalken. Als er die Augen öffnete, sah er das tiefe Blau um sich herum. Über ihm brannte die Sonne, die sich gerade aufmachte, als ein großer roter Feuerball, dessen Zorn in ihm immer noch brannte, ins Meer zu versinken, als könne nur ein ruhiger Ozean ihn besänftigen.

„Nun liege ich hier, unfähig etwas zu tun, sogar sterben kann ich nicht!", dachte Matthison.

Dabei wäre es eine Rettung gewesen und bis er erwachte in diesem endlosen Meer, da war er doch tot, zumindest wusste er nicht, dass er noch lebte. War das nicht ein schöner Tod, von dem man nicht wusste, dass er das war? Wäre das nicht wie die Unsterblichkeit, wenn man nicht wusste, dass man gestorben war? Warum hatte er aufwachen müssen, warum konnte ihn nicht ein gigantischer Fisch im Ganzen geschluckt haben, während er noch bewusstlos gewesen war? So dachte er lange nach und da er nichts Anderes zu tun hatte, malte er sich die Zeit aus, wie es gewesen war, während er bewusstlos im Meer herumtrieb. „Vielleicht bin ich ja im Bauch eines Wales gewesen, wer weiß das so genau?"

Es war aber tatsächlich so, dass er im Bauch eines Wales gewesen war. Er schloss die Augen und erinnerte sich, wie es dort ausgesehen hat, wie alles aus Fleisch und Blut gewesen war, wie der Raum lebte und an ihm klebte und ihn langsam hin und her schaukelte, während er sich an die warmen Wände zum Schlafen lehnte.

Er war nicht tot, er würde nicht so einfach sterben. Warum hatte er das gedacht, dass er einfach so sterben würde wie alle seine Kameraden? Ihn würde etwas noch Besondereres erwarten, davon war er nun überzeugt. Das Meer wollte ihn nicht haben und hatte ihn ausgespuckt, auf ein Stückchen Holz gelegt und war dabei, ihn mit jeder Welle aus sich herauszuwürgen.

Es dauerte lange, aber irgendwann wurde er ans Land gespült. Er spürte, wie etwas Hartes seine Beine berührte und öffnete halb die Augen. Es war fester Boden unter seinen Füßen. Und als er seine Hände ausstreckte, fasste er den Sandboden. Vor ihm war tatsächlich Festland, auch wenn er nicht wusste, wo er sich befand, war er gerettet.

Er strengte sich nicht an, um ans Land zu kommen. So dauerte es noch eine Weile und er lag wie ein gestrandeter Fisch auf dem Sand. Nachdem er zu Kräften gekommen war, baute er sich ein Floß aus Baumstämmen zusammen, um von der einsamen Insel zur zivilisierten Welt zu gelangen. Die See sollte ihn nicht töten.

 MATTHISON

Viele Tage verbrachte Matthison auf seinem Floß. Nachts war es kalt, tagsüber brannte die Sonne auf ihn nieder. Als seine Kräfte ihn fast gänzlich verlassen hatten, als er nur noch schwach atmend auf den Holzstämmen lag, wurde er gerettet.

Die Besatzung eines kleinen Handelsschiffs hatte ihn bemerkt und ihn an Bord genommen. Sie legten ihn in den Schatten und gaben ihm etwas zu trinken. Sie linderten sein Fieber mit kalten Umschlägen und erklärten seine wilden Geschichten mit dem langen Aufenthalt auf dem Wasser. Er hätte unter der sengenden Sonne den Verstand verloren.

„Der Wal wurde auf mich geschleudert und fraß mich auf", wiederholte er. Er war der Witzbold auf dem Schiff. Keiner glaubte ihm, doch jeder mochte seine Geschichten, von denen niemand wusste, wo der Anfang und wo das Ende war. Für ihn machte es auch keinen Unterschied. Er sagte gerade, was ihm in den Sinn kam, ohne auf die zeitliche Reihenfolge zu achten. Und da keiner es von ihm verlangte, alles in einer

Chronologie zu ordnen, hatte er die Zeit in seiner Erzählung gänzlich aufgehoben.

Das Schiff landete in Kuala Lumpur. Matthison ging von Bord und verlor sich sogleich in der großen Stadt. Das Meer hatte ihn nicht verschluckt, die Stadt saugte ihn nun in sich hinein. Er zog von Kneipe zu Kneipe, erzählte seine Geschichten gegen Verköstigung. Bald kannten ihn viele, die in diesen Seemannslokalen verkehrten. Sie glaubten ihm nicht, doch hörten sie ihm gerne zu. Er fühlte sich ermutigt, immer weitere Abenteuer zu erfinden, die er teils wiederholte, teils aber etwas veränderte, wenn sein Publikum ihn darauf aufmerksam machte, dass er immer dieselben Dinge erzählen würde. Oft riefen ihm seine Zuhörer zu: „Matthison, diese ollen Kamellen haben schon so einen langen Bart!" und maßen dann mit der Hand die Länge des Bartes, die vom Kinn bis zum Bauch reichte. Dann vermischte er seine Erzählungen miteinander oder erfand neue hinzu. Er trank viel und hatte am Ende selbst nicht mehr gewusst, wann er was erzählte.

Die Matrosen, die ihn in den Kneipen von Kuala Lumpur kennen gelernt hatten, erzählten von Matthison und von seinen Hirngespinsten, die er als wahre Geschichten weitergab. Die Mönche der christlichen Nächstenliebe waren oft in den Bars in der Nähe des Hafens, weil sie dorthin ihr selbstgebrautes Bier lieferten. Einer der Mönche hörte zu, als Matthison von seinen zwei Reisen und der Schatzsuche erzählte, die letztendlich beide Male gescheitert waren. Er kam zum Kloster und gab das Gehörte weiter, sodass der Abt auf den Schatz der Schatullen voller Geld und

Edelsteinen aufmerksam wurde, der ganz in der Nähe im Meer versunken war. Der Abt wollte diesen Schatz holen lassen und benötigte noch mehr Informationen.

So ging er eines Tages selbst zu den Hafenkneipen, in denen Matthison gegen Speis und Trank seine Ein-Mann-Show darbot. Er war sehr verwirrt, stellte der Abt fest und gab ihm reichlich zu trinken, sodass er zu torkeln begann. Die Wirtin begann zu schimpfen und wollte Matthison rausschmeißen, weil sie Angst hatte, er würde wieder auf den Fußboden erbrechen. Diese Situation nutzte der Abt für sich aus.

„Nein", sprach er.

„Setzen Sie bitte kein Gottesgeschöpf einfach so auf die Straße. Ich werde mich um ihn kümmern. Wo wären wir, wenn wir kein Herz für einen Gefallenen hätten." So stand er auf und blickte um sich. Die Männer im Raum waren tief ergriffen, denn ihnen war es nicht aufgefallen, dass Matthison ein Gefallener war, der dringend Hilfe nötig hatte; der jemanden brauchte, der sich um ihn kümmerte, bis er wieder genesen war von seinen ganzen Verwirrungen im Kopf.

Matthison bekam nichts mit von der inbrünstigen Rede des Abtes. Er schlief selig auf dem Boden, wie er es oft getan hatte. Der Abt stand auf und bat zwei Männer, Matthison in seinen Lastwagen zu tragen. So konnte der Abt ihn mit zum Kloster nehmen, und die Männer damals im Lokal waren einerseits zwar sehr froh, dass sich nun jemand dieser armen Seele annahm, doch fehlten ihnen die Geschichten und die gute Laune, die er verbreitet hatte.

Der Abt aber freute sich über seinen Fang. Er ließ Matthison in einer Mönchszelle einsperren und nachdem dieser den Rausch ausgeschlafen hatte, ging er zu ihm in die Zelle und ließ ihn Geschehnisse erzählen. Er machte sich dabei Notizen und versuchte, das Erzählte in einer zeitlichen Reihenfolge anzuordnen. Er war bemüht, herauszufinden, was von seinen Geschichten tatsächlich so gewesen war und was Matthison erfunden haben musste. Damit verbrachte der Abt Tage und Matthison wurde misstrauisch. Was wollte der Mann mit dem falschen Lächeln von ihm?

Er ahnte, dass die Mönche ihn für etwas mitgenommen hatten, etwas, was sie von ihm wissen wollten, nur wusste er nicht, was es genau sein könnte. Durch die Erlebnisse hatte er seinen Verstand verloren und brachte keinen richtigen Gedanken zustande. Es gab sogar Tage, da wusste er nicht mal seinen Namen.

„Was kann ein Mensch Schlimmes getan haben, dass er in Stücken stirbt?", sagte er sich.

ARI

Ari stach mit seinem selbstgebauten Floß ins Meer.

„Gott wird mich schon führen", sagte er sich.

„Gott hat mir das Leben eingehaucht, er wird wissen, wann ich es aushauchen werde, ich habe keine Angst."

Der Zustand auf der Insel war unerträglich geworden. Der Kapitän hatte resigniert, die Männer zur Vernunft zu ermahnen, und zog sich zurück. Zwei der Männer prügelten sich bis zur Bewusstlosigkeit und Ari wusste nicht, ob die beiden ihre Verletzungen überleben würden.

„Es ist würdelos, so zu sterben", sagte er sich.

„Wenn ich sterbe, so soll es bei dem Versuch geschehen, dieser Hölle hier zu entkommen."

Mit einem langen Ast, den er als Stechpaddel nutzte, stieß er sein Floß vom Strand ab, mit dem festen Vorsatz, nicht wieder zurück zu kehren.

Die See war ruhig. Die Sonne brannte am Himmel. Ari hatte große Palmenblätter zusammengelegt und aus ihnen einen Baldachin gemacht, sodass er sich vor der gleißenden Sonne schützen konnte. Er saß unter diesen und überlegte. Er hatte auf der Insel viel Zeit gehabt, um über sich nachzudenken. Früher war er ein einfacher Mann gewesen. Er hatte seine Träume, die von seiner materiellen Not in Beschlag genommen worden waren. Er wollte für seine kleine Familie das Beste erreichen. Und da kam ihm die Kenntnis, einen Schatz zu finden, als eine Möglichkeit, die er nicht ausschlagen konnte. Er hatte damals keine Angst gehabt, etwas zu verlieren, denn er dachte, er habe nicht viel, was er verlieren konnte. Im Gegenteil, er hatte viel gewinnen können.

Jetzt gab es eine ähnliche Situation. Er war überzeugt, auf der Insel gäbe es nichts, was er vermissen würde.

„Es wird kein Schiff kommen und uns retten", dachte er. Warum auch? Wer sollte nach ihnen suchen? Hätte das Schiff eine große Ladung Ware an Bord gehabt und wäre es dann verschwunden, hätte die Reederei danach gesucht. Aber so?

Der Kapitän, der am Anfang die Männer mit der Aussicht auf baldige Rettung ermutigt hatte, hatte sich mit der Zeit zurückgezogen. Er saß stundenlang auf einem Fleck und schien nachzudenken. Vielleicht döste er auch nur so vor sich hin. Die Resignation war groß. Ari aber war ein frommer Mann geworden, der nun zum ersten Mal gespürt hatte, dass er doch etwas zu verlieren hatte. Wenn er auf der Insel bliebe, würde er alles verlieren; alles, was er auf der Insel vermisste. So stach er in See und blickte stehend auf den Ozean, der ihn sanft hin- und herschaukelte.

In seiner ersten Nacht auf dem Wasser kniete er nieder und dankte Gott: Gott habe dafürgestanden, dass er noch am Leben war. Er schaute hoch zu den Sternen, die voneinander Millionen Kilometer entfernt zerstreut in der Galaxie waren. „Doch von hier unten seid ihr so dicht beieinander, dass ich euch pflücken könnte", sprach er und hob seine Hand ins Schwarze hinein.

„Auch, wenn ich hier unten in einer Nussschale auf einem riesigen Ozean herumtreibe, so bin ich doch ein Teil eines Ganzen und bin nicht allein". Die Müdigkeit hatte ihn irgendwann übermannt.

Als er wach wurde, ging die Sonne auf. Er bemerkte, dass er bereits eine Nacht auf seinem Floß verbracht hatte. Er kniete wieder und fing an zu beten. Er würde irgendwann sterben und hatte noch so viele Gebete nachzuholen. Er beschloss, seine Zeit auf dem Meer mit Demut und Gebet zu verbringen.

In der Zeit auf dem Schiff, hatte er dieses Ausgeliefertsein nicht gehabt. So allein auf einem einfachen Floß kam ihm das Meer viel größer vor, obwohl sich am Meer nichts verändert hatte.

„Wie merkwürdig es ist", dachte er. „Eine etwas größere Nussschale und etwas mehr Gesellschaft darin lässt uns glauben, den Ozean bezwingen zu können." Sind wir jedoch auf uns allein gestellt, erkennen wir die wahren Verhältnisse. Ari kehrte in sich, schloss die Augen und wartete.

Da tauchte der Wal aus dem Wasser, und Aris Floß kenterte. Er fiel ins Wasser und bevor er noch einen

weiteren Gedanken fassen konnte, wurde er vom Wal
verschluckt.

 DIE MATROSEN

Herr von Z. ruhte in einem hohen Turm einer Tempelruine, die an einem ruhigen See lag. Er hatte es jetzt nach sehr langer Zeit geschafft, in den Träumen zu bleiben, und übte von dort aus, seine Macht weiter zu verbreiten.

Er hatte sich inzwischen vieler bemächtigt, entweder durch seine direkten Kontakte wie mit Istar oder durch indirekte. So waren alle, die mit Istar zu tun hatten, gleichzeitig von Herrn von Z. in seinen Bann gezogen worden. Neben Istar übte Herr von Z. seinen Einfluss auf Matthison aus. Er fühlte die Bedrohung durch den Zierlichen, der seine Schriftrolle vernichten wollte. Es war aber nicht nur der Zierliche, auch der Bemalte - oder besser gesagt - die Ahnen von ihm machten ihm Schwierigkeiten. Sie wollten verhindern, dass er ihnen die Möglichkeit, mit ihren Nachfahren zu kommunizieren, verwehren wollte.

Die Ahnen des Bemalten übten diese Macht, die Herr von Z. mühevoll zu erlernen versucht hatte, schon längst aus. Er musste diesen alten Ahnen der Inselbevölkerung die Kommunikationsbrücke zum

Bemalten abschneiden, damit sie ihn nicht ebenfalls beeinflussten und somit seine eigene Autorität schwächten.

Er hoffte auf die Wirkung der Beeren, die hier auf diesem Fleck der Erde ein besonders starkes Rauschmittel enthielten. So ließ er die Männer reichlich davon essen. In ihrem Rausch lockte er sie zu sich.

In einem tiefen Schlaf standen sie auf, und ohne zu wissen warum, liefen sie in die Richtung des Turms. Er ließ sie dort auf den Steinen sitzen und jeden von ihnen die letzte Aufgabe vergegenwärtigen. Die drei Matrosen müssten seinen Willen freiwillig ausüben, für den letzten Akt, den er mit ihnen vorhatte. Er ließ sie über sich denken, ließ sie spüren, wie im Winter die Luft nach Ruß schmeckte in den dichtbevölkerten Städten, in denen sie gelebt hatten, und ließ sie kräftig husten. Wenn diese drei seinen letzten Willen vollzogen hätten, würde er das geschafft haben. Wenn er die Schriftrolle selbst nicht finden konnte, so würde ihm der Bärtige, der Bemalte und der Zierliche behilflich sein.

Er ließ sie wandern in einer Landschaft, die er ganz flach gestaltet hatte. So war es möglich, dass der Bemalte ins Meer hineinlaufen konnte, ohne darin zu versinken. Das Wasser reichte ihm immer nur bis zu den Knien, egal wie weit er drin war. Der Bemalte wanderte in einem Ozean, der seine Größe und Macht verloren hatte, der bezwingbar geworden war von einem einfachen Fischer aus der Südsee. Fische umschwärmten ihn. Er wanderte unbeirrt Richtung Container, worin sich noch immer die Schriftrolle befand. Es war keine Eile geboten, beeilen musste er sich nicht, denn auch wenn er rennen würde, wäre er nicht schneller. Da, wohin er lief, hatte Herr von Z. alle Entfernungen aufgehoben. Er musste sich eigentlich nur kurz bücken, um nach dem Container zu greifen und die Rolle mit den Zeichen herauszuholen.

Herr von Z. hatte ihn für diese Tat ausgewählt, weil er mit keinerlei Schrift in Beziehung stand. Die Schrift brauchte er nicht, sie bedeutete ihm nichts, egal in welcher Sprache oder mit welchen Symbolen. Herr von Z. wusste es zu gut, wir sehen nur, wenn es für uns etwas bedeutet. Das Unbedeutende ist für die Augen unsichtbar.

Der Bemalte holte die Rolle aus dem Behälter heraus und lief zum Strand zurück, wo der Bärtige und der Zierliche auf ihn warteten. Sie saßen auf dem warmen Sand. Auch wenn die Sonne jetzt nicht mehr zu sehen war in dem unwirklichen Licht, so muss sie dagewesen sein, wovon die gespeicherte Wärme in den Sand- körnern berichtete. Er reichte die Rolle dem Zierlichen, ohne zu sprechen und setzte sich ebenfalls hin.

Der Zierliche öffnete die Rolle und betrachtete die alten Zeichnungen. Sie sagten ihm nichts Neues, denn alles, was dort stand, kannte er bereits. Er stand auf, legte das Pergament ins Meer und beobachtete, wie sich die Tinte im Wasser auflöste.

Istar hatte den Weg zu dem Magier gefunden. Mit geschlossenen Augen sah sie den See. An seinem Ufer stand der Tempel, dessen Turm so weit in den Himmel ragte, dass die Spitze klein wurde wie ein Stecknadelkopf.

„Da oben liegst du also", sprach sie und schaute auf die Treppen, die ins Unendliche aufzusteigen schienen.

„Ich bin alt und ich weiß nicht, ob ich bis oben zu dir kommen kann, aber ich muss es probieren."

Dann nahm sie die erste Stufe, mit dem festen Willen, nach oben zu gelangen. Doch die Stufe senkte sich auf die Erde, sobald sie drauftrat und der Turm kam ihr entgegen. Das wiederholte sich, Stufe für Stufe kam der Gipfel näher.

„Es ist alles ganz anders". Sie stieg auf die sich senkenden Absätze, bis der Turm mit seiner Tür endlich auf ihre Augenhöhe gelangte.

„Ich habe ihn endlich gefunden", dachte sie, als sie den Raum betrat. Ihre Augen brauchten etwas, um sich an die Dunkelheit zu gewöhnen, doch sie erkannte ihn in seiner Liege.

„Steh auf!", rief sie und berührte ihn sanft an der Wange.

„Der Traum ist doch längst ausgeträumt, so werde doch endlich wach", bat sie und kniete sich neben ihn auf den Boden.

„Ich weiß, du wirst mir meine Jugend nicht zurückgeben können, aber sei doch wenigstens bei mir, wenn ich schon alt bin", flüsterte sie und merkte, wie ein Klumpen Dunkelheit ihr die Stimme verschlug.

„Wollen wir nicht weiterlaufen? Ist dein Husten schon vorbei?", fragte Hubi. Istar öffnete die Augen und fand sich im Dschungel wieder. Über ihr schwebte eine kleine weiße Wolke.

„Ach ja", sprach sie leise, „komm, wir wollen dich zu deinen Freunden bringen". Sie stand auf und lief weiter einen schmalen Weg entlang. Das Grün wurde mit jedem ihrer Schritte weniger. Irgendwann lichtete sich der Dschungel und sie konnte am Horizont das Meer sehen.

„Schau, was wir da haben!", rief sie zu Hubi und zeigte auf den blauen Fleck, der zwischen das Grün sichtbar wurde.

„Willst du nicht direkt zu deiner Mutter gehen?" Sie wusste nun, wie sie Hubi helfen könnte.

Istar setzte ihren Gang fort und Hubi folgte ihr. Das Blau wurde mit jedem ihrer Schritte größer, bis sie irgendwann am Wasser stand.

„Da", sie zeigte auf das Meer, „du wirst dort deine Mutter finden. Du brauchst dich nur hineinregnen zu lassen und so weit im Wasser zu verteilen, bis du dich in jeden Winkel dieses Ozeans verbreitet hast. Deine

Moleküle werden sich weiter ausbreiten, werden in Fische und Wale eindringen. In irgendeinem Wal findest du dann deine Mutter. Was meinst du, möchtest du das ausprobieren? Ich werde hier warten, wenn es nicht klappt, kommst du einfach wieder zurück."

Hubi war ergriffen von der Möglichkeit, seiner Mutter so nah zu sein, und sagte nichts. Wieso war er nicht auf diese Idee gekommen? Er war seiner Mutter stets nahe gewesen. Er fing an zu regnen. Dafür musste er sich nicht einmal anstrengen.

Seine Tropfen prasselten nieder, gingen über ins salzige Nass und verbreiteten sich weit hinein in die See, so wie Istar es ihm gesagt hatte. Als er seine ganze Wolke abgeregnet hatte, war er nur noch Ozean. Er ging durch Fischmünder hindurch und durch die Kiemen wieder heraus.

Er war im Wasser verteilt und befand sich in allem, was darin lebte, ging in dieses hinein und hindurch, und so erreichte er auch den Wal, in dessen Bauch seine Mutter und sein Vater lebten. Er merkte, wie sie dort saßen, gelehnt an die Rippen des Leviathans, eine Mauer aus Fleisch und Blut, worin Hubi ebenfalls floss, weil er sich eben überall aufgelöst hatte.

Seine Suche hatte ein Ende, denn hier waren sie. Er sammelte sich in einem Blutklumpen, der sich direkt unter den Sohlen seiner Mutter gebildet hatte und spürte dort die Wärme ihrer Füße.

„Hier bleibe ich", dachte er, „hier fühle ich mich geborgen."

EPILOG

Herr von Z. lief die sandige Düne entlang. Er hatte lange geschlafen und das Laufen fiel ihm schwer. Der Wind hatte sich gelegt, somit kam ihm das Wetter etwas wärmer vor. Er ging und sah, wie mit jedem seiner Schritte der Sandhügel vor ihm kleiner wurde und das Blau des Meeres sich zeigte.

„Wasser ist alles", dachte er.

„Freud und Leid!"

Nun hatte sich der Horizont weiter abgesenkt und er konnte die Gestalt erkennen, die dort saß. Er ging auf sie zu und setzte sich neben sie.

„Du bist heute früh hier. Warum hast du nicht auf mich gewartet?"

„Ich wollte die Sonne noch erleben und du hast so schön geschlafen."

Er schwieg und schaute sich die Wellen an, die im Sand versickerten.

P. B. Fuchs wurde in einem Dorf im Pontischen Gebirge geboren. Dort wuchs sie auf, bis der Vater seine Familie nach Deutschland holte. In einer mittelgroßen deutschen Stadt in Ostwestfalen kämpfte sie mit der fremden Sprache und hatte Anpassungsprobleme, die sich später in einer Rebellion gegen die Familie richteten. Ärzte und Psychologen halfen nicht das Kind in das hiesige System hineinzupressen. Die verzweifelten Eltern holten sich darauf die Hilfe von Geisterbeschwörern. Einer dieser Experten bescheinigte die Besessenheit des Kindes von einem nicht so ganz gottlosen Dschini, was die Eltern dankbar annahmen und gerne als Entschuldigung erzählten, auch dem Kind gegenüber.

Sie nahm es nicht sehr genau mit der Wahrheit, schmiss die Schule ohne sie zu beenden, zog aus dem Elternhaus aus, verdiente sich mit Gelegenheitsjobs ihren Lebensunterhalt.

Inzwischen ist sie ausgewachsen. Sie lebt und schreibt in der Nähe von Frankfurt.